bloomsbury

Als Teenager stand *Vikki Wakefield*, ähnlich wie Mim, oft mit einem Bein auf der falschen Seite des Lebens. Heute ist Lesen und Schreiben für sie so wichtig wie Atmen. *Alles, was ich will* ist das kraftvolle Debüt dieser neuen, australischen Stimme der Literaturszene. 2012 bekam Vikki Wakefield den Adelaide Festival Award for Literature und stand auf der CBCA-Liste der Older Readers Notable Books. Sie lebt in Adelaide in Australien.

»Ich werde die Schule beenden. Ich werde keine Drogen nehmen. Ich werde mir keine Tattoos machen lassen. Ich werde keinen Alkohol trinken. Ich werde nicht ständig ›Fuck‹ sagen. Ich werde keinen Sex haben, bis ich achtzehn bin. Ich will nicht so werden wie alle anderen.«

Mim will endlich raus aus dem Kaff, in dem sich nie etwas verändert, aber sie wird auf eine harte Probe gestellt. Nicht nur, dass ihre Mutter sie in Drogengeschäfte reinzieht und sie als Kurier herhalten muss, der Stoff wird ihr auch noch von Jordan entrissen, auf den sie schon ewig steht. Das darf ihre Mutter niemals erfahren! Für Mim beginnt eine wilde Jagd nach dem gefährlichen Paket und eine turbulente Flucht vor all dem, was sie niemals werden wollte. Schafft sie es, sich an ihre eigenen Regeln zu halten?

vikki wakefield
alles was ich will

Aus dem Englischen von
Birgit Schmitz

bloomsbury

Die Übersetzerin dankt dem Deutschen Übersetzerfonds
für die Förderung der vorliegenden Übersetzung.

MIX
Papier aus verantwortungsvollen Quellen
FSC® C083411

Oktober 2012
Deutsche Erstausgabe
Die Originalausgabe erschien 2011 unter dem Titel *All I Ever Wanted* bei
Text Publishing, Melbourne
© 2011 Vikki Wakefield
Für die deutsche Ausgabe © 2012 Bloomsbury Verlag GmbH, Berlin
Alle Rechte vorbehalten
Umschlaggestaltung: © Rothfos & Gabler, Hamburg
Gesetzt aus Garamond von hanseatenSatz-bremen, Bremen
Druck und Bindung: CPI – Clausen & Bosse, Leck
Printed in Germany
ISBN 978-3-8333-5098-6

www.bloomsbury-verlag.de

*Für Margaret, die mir gesagt hat,
ich könne alles erreichen.
Ich hoffe, im Himmel gibt es Bücher.*

1

Es geht ganz leicht.

Glückspillen. Wenn's gut läuft, bist du die Dancing Queen mit einem direkten Draht zu Gott. Wenn du Pech hast, kochst du dir das Hirn weich. Und das für gerade mal dreißig Dollar das Stück. Du kriegst sie in braunem Papier, als Paket, das in den Fahrradkorb passt. Ganz offen ist es am besten, denn eine Dodd mit Rucksack schreit geradezu danach, von den Bullen gefilzt zu werden.

Ich hole das Paket bei Feeney Tucker ab – einem kleinen Mann mit einem Gesicht wie ein falsch zusammengesetztes Puzzle, einer Stirn wie ein Höhlenmensch und einer niedlichen, aufgeblähten Barbiepuppennase. Seine Wimpern sind lang und hübsch, sein Mund schmal und grausam. Breiter Nacken, schlanke Pianistenhände und eine seltsam schwebende Anmut – wie ein Kellner in einem Zeichentrickfilm. Als hätte Dr. Frankenstein ihn aus Ersatzteilen zusammengebaut.

Feeney zögert, bevor er das Paket rausrückt. Er ruft jemanden an, fragt nach den Jungs und überlässt es mir dann zähneknirschend. Ein sechzehnjähriges Mädchen auf einem gelben Klapprad ist schließlich nicht gerade ein überzeugender Kurier.

»Spute dich, Kleines«, sagt er wie ein Schornsteinfeger bei Dickens.

Mein Ruf und mein Gewissen werden Kratzer bekommen. Bislang sind beide makellos. Mum sagt nämlich, ihre Prinzessin bräuchte sich nicht ums

»Geschäft« zu kümmern. Wo sie doch zwei ältere Brüder hat, die zusammen auf ein paar hundert Gehirnzellen, elf Festnahmen, zwei Verurteilungen und eine Handvoll unehelicher Bastarde kommen. Mums Worte, nicht meine. Doch was sein muss, muss sein – auch Mums Worte. Die Jungs sitzen in Untersuchungshaft und wir haben kein Auto. Die Kunden warten, aber die dicke Mama Dodd auf einem Rad, mit einem Paket hintendrauf – niemals. Eher gibt es Leben auf dem Mars.

Feeney schiebt mich an, und ein paar Blocks lang trete ich kräftig in die Pedale. Der Himmel ist blau, die Vögel singen, und was soll schon passieren?

Nur dieses eine Mal, denke ich, ... *ich bin ja keine richtige Kriminelle ... nur noch zwei Blocks, dann hab ich's geschafft.* Ich bin so froh, dass immer noch Sommer ist und wir zwei weitere Wochen Ferien haben. Vorfreude ist ein göttlicher Zustand. Mein Leben tritt schon so lange auf der Stelle. Ich hab das Gefühl, dass etwas Großes bevorsteht. Drauf zu warten, dass das Schicksal eingreift, ist eigentlich noch besser, als wenn tatsächlich was passiert.

Ich springe ab und schiebe. Genieße alles, selbst meine paranoiden Gedanken. In meiner Phantasie ist das Paket undicht; es hinterlässt eine Spur wie Hänsels Brotkrumen, und mir folgt eine lange Schlange fröhlich-entspannter Menschen. Ich spüre, wie mein Gesicht in der Sonne braun wird, schmecke Essig und Pommes frites, rieche heißen Teer und altes, mit dem weichen Asphalt verschmolzenes Öl. Höre nur das *flipp, flopp* meiner Latschen und das *klack, klack* des wackligen Vorderrads. Der Sattel ist zu niedrig und der Lenker zu hoch, wie bei einem Chopper, aber das ist mir egal. Ich grinse wie ein Idiot. An Tagen wie diesen fühle ich mich unschuldig und glücklich, auch wenn ich nicht weiß, wieso.

Die Hitze dringt durch meine dünnen Gummisohlen, also springe ich wieder auf und fahre Schlangenlinien. Ich kenne die Gegend so gut, dass ich mit geschlossenen Augen nach Hause finden würde. Hier ändert sich nie etwas.

Ich biege um die Ecke bei den Läden, und es ändert sich alles.

Er ist da. Jordan Mullen lehnt cool und lässig an einer Wand, während mein Herz sich aufpumpt wie ein Kugelfisch.

Nicht jetzt, bitte nicht jetzt. Aber da mir klar ist, dass diese Chance so bald nicht wiederkommt, ziehe ich meinen Zeh durch den Schotter und werde langsamer.

Er lächelt mir zu, als wollte er, dass ich anhalte.

Also halte ich an.

Ich lächle zurück, aber es ist das erstarrte Grinsen eines Totenkopfs. Meine Lippen kleben an den Zähnen fest, und meine Haare machen, was sie wollen. Ich habe Sand in den Augen, aber ich kann sie nicht reiben, sonst verpasse ich noch was.

»Ich hab auf dich gewartet«, sagt er, und einen Moment lang ist es wie in einem alten Film, wenn die Wellen an den Strand schlagen und die Möwen kreischen; es gibt nichts außer ihm und mir. Nur, dass da keine Wellen sind und die Möwen kreischen, weil der Parkplatz ein Müll-Mekka ist.

»Warum?«, frage ich und vergesse, durch einen Augenaufschlag oder einen schmachtenden Blick von meinem schroffen Tonfall abzulenken.

Doch er lässt sich davon nicht beeindrucken, und ich weiß wieder, warum ich seit hundert Jahren in ihn verliebt bin – oder wenigstens die letzten fünf: weil er aussieht wie Leonardo DiCaprio, bevor er alt wurde. Seine Augen sind wie Scherben aus blauem Glas, und er ist der coolste Typ von allen. Angenommen euer Briefkasten wird in Brand gesteckt, und du weißt, wenn du dich zehn Minuten auf die Lauer legst, kommt unter Garantie einer von denen zurück, um sein Werk zu bewundern. Das ist er – der, der zurückkommt.

Also frage ich noch mal »Warum?«, freundlicher jetzt, und er zwinkert mir zu. Sofort sehe ich mich in einem Trägerkleid aus Satin mit so einer bescheuerten *Ansteckblume* über meinem Herzen, das kurz vorm Zerspringen ist.

Jordan nimmt mein Fahrrad am Lenker und schiebt es auf den Weg hinter den Läden. Fast wie ein Gentleman. Ich folge ihm und starre dabei auf die glatte braune Haut seines Rückens direkt über der tief sitzenden Jeans, einfach so. Ich schlafwandle, reagiere nur, denke an nichts. Ein perfekter, blauer Tag.

Jordan klappt den Fahrradständer aus und dreht sich zu mir um. Seine Augen durchsuchen meine, als gäbe es da was zu entdecken – hin und her, hin und her. Ich bin hypnotisiert; als würde er eine Taschenuhr schwingen. Meine Lippen spitzen sich, noch während ich mir sage: *Ganz ruhig, bleib cool, zieh den Bauch ein.*

Dann sagt er: »Gib mir das Paket.«

»Was?«, frage ich blinzelnd.

Jordan Mullen sieht mich an, als wäre ich etwas, das er sich vom Schuh abstreifen will, und genau da bricht mir das Herz. Trotzdem schlägt es irgendwie weiter.

»Gib mir das Paket«, wiederholt er.

»Lass das«, sage ich, als ob das noch was ändern würde.

Er nimmt das Paket und schubst mein Rad in das trockene Flussbett am Ende des Weges. Es landet kopfüber darin, und er geht weg. Lässt mich einfach stehen.

Mann, ich kann aber auch nichts richtig machen.

Der nächste Atemzug füllt meine Lungen mit Verzweiflung. Ich starre mein Fahrrad an; eins der Räder steht schief wie ein schielendes Auge. Ich lasse es dort liegen. Ich lasse es dort liegen, weil dieses Fahrrad mich sonst jeden Tag daran erinnern wird, dass ich die Luft anhalten konnte zwischen dem Moment, in dem ich bekam, was ich wollte, und dem, als ich es wieder verlor – und trotzdem noch lebe.

Die Sommerferien sind fast vorbei.

So hatte ich mir das nicht vorgestellt.

2

Mir ist nach rennen zumute, aber ich tu's nicht. Ich gehe, denn in unserer Straße weiß jeder, was der andere tut. Irgendwem wird auffallen, dass ich hin geradelt und zurück gegangen bin. Über Zäune hinweg und durch Schlüssellöcher hindurch kann dir das, was du tust, per stiller Post vorauseilen und schneller zu Hause sein als du selbst – sogar wenn du rennst.

King Street eins bis sechsundvierzig, eine karge Seitenstraße mit Doppelhäusern und nichts Königliches weit und breit. Eine verlorene Zeile in einem vergessenen Vorort, eine Stunde von der Stadt entfernt. Niedrige Maschendrahtzäune ohne Sinn und Funktion. Sich ablösende Wellblechdächer, die im Wind schlagen. Die Hitzewelle hat die Gegend ausgebleicht. Bis auf die Oase der Hexe in Nummer zweiunddreißig ist alles verdorrt.

Hinter unserer Seite fahren die Züge vorbei. Wenn man am oberen Ende der Straße steht und in der Mitte eine Linie zieht, hängt unsere Seite schief runter, als wäre sie aus den Angeln gerüttelt worden. So lange ich zurückdenken kann, wohnen wir hier. Mum sagt immer, das andere Haus, das, in dem ich geboren wurde, sei schlimmer gewesen. Als ob das möglich wäre.

Ich hätte was tun sollen. Treten oder schreien oder eine Szene machen, irgendwas, nur nicht dastehen und es einfach geschehen lassen. Ich hätte einen flotten Spruch bringen sollen wie, er wüsste ja nicht, mit wem er sich da anlegt. Oder ich hätte sagen können, dass ich mir die Szene noch mal ganz langsam von vorn ansehen muss, weil mir beim ersten Mal wohl was entgangen ist. Ich hätte gar nicht anhalten sollen. Hab ich aber.

Daraus werden zwei Kriege entstehen.

Aus Gewohnheit wechsle ich die Straßenseite, um das Haus der Tarrants zu umgehen. Ihr Vorgarten liegt voller kaputter Spielsachen und altem Müll. Ein Knirps mit nacktem Hintern zeigt mir den Mittelfinger, und das so feierlich, dass ich es fast für einen Gruß halten könnte. Ein zweites zerlumpt aussehendes Kind, das Junge wie Mädchen sein könnte, saust durchs Seitentor und kommt schlitternd zum Stehen. Es starrt mich an, als wäre ich der Antichrist. Gargoyles Kettenhalsband hängt einsam und verlassen an der Veranda, aber es drauf ankommen zu lassen, ist zu riskant.

Zwei Türen weiter unten winke ich dem alten Benny zu. Er sitzt in seinem Cockpit, einem ramponierten Zahnarztstuhl. Neben ihm ein Dutzend leerer Flaschen und eine Nierenschale voll glimmender Zigarettenstummel. Grinsend winkt er zurück; seine Zahnlücken sehen aus wie Klaviertasten.

Wenn ich einen Bogen um das Haus der Tarrants mache, hat das den Nachteil, dass ich an Mrs Tkautz vorbeimuss.

Mrs Tkautz pflegt ihren Garten mit der ganzen Hingabe einer kinderlosen Frau. Weil ich ein verkommenes Kind bin, wie *sie* sagt, knicke ich manchmal die Köpfe ihrer Tulpen ab und werfe eine Handvoll Vogelfutter über den Zaun; es gedeiht prächtig in ihrer Kuhkacke und wirft dann wieder neue Samen ab. Nur ein kleiner Spaß, weil kleine Hirne Kleinigkeiten lustig finden und ich immer ein kleines Licht bleiben werde.

Danke, lieber Gott. Die Hexe ist nicht da. Ein Hauch zum Erbrechen faulig-süßen Dufts ermahnt mich jedoch, ihre Macht nicht zu unterschätzen.

Ich wechsle zurück auf die andere Seite.

Die Hälfte unseres Hauses, in der Lola wohnt, liegt verschlossen und still da. Jede Hälfte ist ein Spiegelbild der anderen; durch die Wohnzimmerwand und die außen gelegene Waschküche sind sie miteinander verbunden. Lola lebt wie ein Geist. Wir sehen sie nie, aber durch die gemeinsame Mittelwand hören wir sie so deutlich, als wäre sie im selben Raum. In ihrer Einfahrt steht ein zerbeultes Coupé; es wurde schon seit Monaten nicht mehr bewegt, und um die Reifen herum ist Unkraut gewachsen. Die aus einem Drahtbügel bestehende Antenne ist zu einem Herzen verbogen.

Unser Haus sieht nicht anders aus als die anderen – es aufzumöbeln, lohnt sich nicht. Kostbare oder glänzende Dinge wirken hier fehl am Platz; alles, was zu schön ist, provoziert Gehässigkeit, Vandalismus oder schlimmer noch – Diebstahl. Am Abend meines zwölften Geburtstags stand mein neues neonfarbenes Fahrrad auf der Veranda und leuchtete im Dunkeln; einige Tage später fuhr ein anderes Kind darauf vorbei. Manchmal wünsche ich mir, ich hätte auch dieses Verbrecher-Gen, dann könnte ich es zurückklauen. Aber Mum sagte damals: *Lass gut sein, hol dein gelbes Rad wieder raus und nimm das, bis du Auto fahren kannst. Das alte*

Ding klaut keiner. Das war nicht das erste Mal, dass ich mich mit etwas abfinden musste.

Hitze und Staub wirbeln umher und kleben mir die Haare an den Lippen fest. Ein Baby schreit, aber es ist keins, das ich kenne. Irgendwer muss beim Anfahren Schotter aus der Einfahrt auf der Veranda verteilt haben, und der Wind hat den Briefkastendeckel aufgestellt. Die Straße sieht aus wie die Kulisse einer Geisterstadt in einem alten Western, und überall sind Augen.

Als ich unmittelbar vor dem Haus stehe, versuche ich mein lautes Herzklopfen auszublenden. Ich höre Fernsehgebrabbel, das schreiende Baby und Mum in einer einseitigen Unterhaltung.

»Ja, sie müsste inzwischen zurück sein ... Nein, hab ich ihr nicht gesagt ... Mach ich. Allerdings denkt sie im Moment sowieso, es dreht sich alles nur um sie ... Nein, ich konnte es nicht selbst abholen, ich hab grad Matts Jüngsten da ... Kann sein, dass sie in einer Woche wieder draußen sind, kann aber auch länger dauern; das hängt von der Beweislage ab ... Ja, ich weiß, ich bin schon halb krank vor Sorge ... Hör zu, ich sag dir Bescheid, sobald ich mehr weiß ... Wir kommen klar ... Ich muss jetzt Schluss machen, sonst verpasse ich meine Shopping-Sendung.«

Ich schleiche in geduckter Haltung am Wohnzimmerfenster vorbei, aber sie hört mich.

»Bist du's, Jemima?«

Wenn Vogelscheuchen sprechen könnten, hätten sie Mums Stimme. Heiser und rau wie Sandpapier.

Für den Moment führe ich sie lieber hinters Licht, als ihr zu beichten, was passiert ist. Ich nehme ein altes Telefonbuch aus der Altpapiertonne und stopfe es unter mein T-Shirt, als sie die Fliegengittertür öffnet. Sie füllt den Rahmen komplett aus. Schon der kurze Weg vom Sofa bringt sie völlig aus der Puste.

»Alles in Ordnung?«, fragt Mum keuchend.

»Ja, alles gut«, sage ich und verschränke die Arme vor der Brust.

Sie streckt die Hand aus. »Du brauchst es nicht zu verstecken, Mim.«

»Ich weiß. Ist schon okay. Ich lege es in die Grube.«

Sie sieht mich schief an und nickt dann. »Aber mach's nicht auf.«

»Keine Sorge.«

Es überrascht mich noch immer, dass wir mittlerweile gleich groß sind. So kann ich mich gar nicht mehr einfach wegducken, wenn sie mich wütend ansieht. Ich bin jetzt wohl erwachsen.

Das Telefonbuch an mich gedrückt, zwänge ich mich durchs Seitentor und folge dem Weg bis zu dem Schuppen hinterm Haus. Der Schlüssel klebt seit Jahren mit Haftknete innen in dem Gartenzwerg mit dem blanken Hintern. Ich schließe auf und betrete den Schuppen. Es riecht nach kalter, abgestandener Luft, Benzin, altem Öl und ... noch etwas anderem. So was wie verdorbenem Fleisch.

Obwohl meine Halbbrüder nicht mehr hier wohnen, steht der Schuppen voll mit ihren Sachen. Auf Zehenspitzen tippele ich um Fahrradteile, Farbdosen und rostiges Werkzeug herum. Wenn ich etwas beiseiteschiebe, bleiben deutlich sichtbare Umrisse im Staub zurück.

Fünf Minuten werde ich warten; das ist lang genug, um so zu tun, als ob. Dillons Harley von den Brettern schieben, die Grube öffnen, das »Paket« hineinlegen.

Ich lehne mich an Dills Werkbank und versuche langsamer zu atmen. Wie komme ich denn da jetzt wieder raus? Wenn der Typ, auf den du stehst, dich beklaut und dein Fahrrad in den Fluss schubst, ist auf einmal vieles möglich. Wenn's hochkommt, hab ich eine Woche Zeit, um das Paket zurückzuholen und die universelle Mega-Rache auszuführen. Es muss was Fieseres sein, als Camembert unter seine Autositze zu schmieren.

»Verräter«, sage ich, und meine Stimme hallt von den Wänden wider.

Da bewegt sich plötzlich was. Ich höre verstohlenes Scharren und ein Seufzen, das der pfeifende Wind verschluckt. Im Halbdunkel sehe ich einen feuchten Fleck auf dem Fußboden. Dann noch einen. Dann eine Stelle mit grünem Schleim. Ein verdrehtes Geflecht aus vergilbtem Gras, wie eine winzige Strohpuppe. Schließlich ein Häufchen halbverdautes Fleisch.

Mein Atem geht schnell, aber da atmet irgendwas noch schneller. Hecheln, und die Sichel eines Schwanzes auf dem staubigen Boden. Komisch, wie so ein Adrenalinstoß einen erstarren lassen kann. Kämpfen, fliehen oder sich tot stellen. Ich kann mich nicht rühren. Ich weiß, was sich am anderen Ende dieses Schwanzes befindet, und dieses Etwas hat mir schon mal fast das Gesicht zerfetzt.

Gargoyle ist ein elender Köter. Er liegt da wie ein neugeborenes Kalb, hilflos und schleimig. Ich recke den Hals, um mehr sehen zu können, ohne die Stellung zu wechseln. Vorsichtig nehme ich eine Metallfeile aus dem Regal, doch er rührt sich nicht, nur sein Brustkorb und seine irren Augen sind in Bewegung. Ganz langsam schiebe ich mich seitwärts wie eine Krabbe weiter; dabei bleibe ich mit dem Rücken an der Werkbank und halte die Feile wie ein Lichtschwert. Gargoyle starrt mich böse an und knurrt.

Die Muskeln treten unter seinem schlaffen Fell hervor. Das ist die Gestalt meiner Albträume, der bissige Wächter der King Street. So nah bin ich ihm noch nie gekommen. Er ist größer, als ich dachte, aber irgendwie weniger angsteinflößend. Vielleicht liegt es an seinen Augen; sie sind klug, aber müde und rot gerändert, und sie registrieren jede Bewegung.

»Hat Hundchen ein schlechtes Steak gefressen?«, frage ich in einem Singsang.

Jeder könnte ihn vergiftet haben. Die Straße wäre weitaus sicherer, wenn ihre Bewohner ohne Angst vor Tarrants Monster leben könnten. Wahrscheinlich würde das Konterfei von Gargoyles Mörder sogar in Bronze verewigt. Was soll ich jetzt tun? Mum würde Mick Tarrant niemals in den Schuppen lassen, damit er sein Pony abholen kann. Wenn ich ihr erzähle, dass Gargoyle im Schuppen liegt, und sie ihren Hintern vom Sofa hieven muss, beschließt sie am Ende noch, einen Blick in das Paket zu werfen. Ich muss sie von der Grube fernhalten, bis ich weiß, was zu tun ist.

Die Bestie liefert sich ein Blickduell mit mir, aber gerade als ich kapitulieren will, werden Gargoyles

Augen ganz weich. Ich lege die Feile zurück ins Regal und ziehe mich auf die Werkbank hoch. Wie ist er überhaupt hier reingekommen? Vielleicht durch die alte Hundeklappe? In dem Fall muss er ganz schön verzweifelt gewesen sein.

Ich springe wieder runter, fülle einen Eimer mit Wasser und schiebe ihn mit einem Besen zu ihm hin. Dasselbe mache ich mit einer alten Decke, die staubt und nach Kindheit riecht.

Er schnüffelt und schnaubt und wendet sich dann angewidert ab.

»Jemima!«

Wir zucken zusammen, der Hund und ich. Dann drückt er sich tiefer in seine Ecke und winselt. Vielleicht kann ich Benny fragen. Er hat heilende Hände und kleine rostfarbene Fläschchen mit Aborigine-Medizin. Ja, ich werd Benny fragen.

»Jemima!«

»Ja, ja, Jabba«, murmele ich.

Wir behalten uns gegenseitig im Blick, während ich langsam zurückweiche. »Geh nach Hause«, sage ich zu ihm und klemme einen Stock unter die Hundeklappe, damit er die Freiheit sieht.

Mum liegt wieder auf dem Sofa wie ein Klumpen Teig. Das Baby, das ich nicht kenne, fingert auf dem Flauschteppich in irgendwelchen Krumeln rum, ein kleines Kerlchen mit schlauen Augen und zielsicherem Griff. Alles in diesem Zimmer ist dem Fernseher zugewandt, nur das Baby nicht.

»Was?«

»Zieh dem Kind was Sauberes an, ja? Ich muss grad was bestellen.« Mit dem Fuß schiebt sie eine prall gefüllte Tüte mit Windeln in meine Richtung.

Ich knie mich hin. »Hallo. Hallo, Baby. Wer bist du?«

Er greift mit seinen Babyfingern nach dem Gesicht auf meinem T-Shirt. Seine Ohren sind klein und verkrumpelt, wie die von Matt. Ich mag ihn.

»Ach, und Tahnee hat angerufen. Sie meinte, du reagierst nicht auf ihre SMS. Sie kommt gegen acht vorbei«, sagt Mum und drückt auf die Kurzwahltaste.

Ich nehme das Baby mit in mein Zimmer und lasse es mit meiner Discokugel spielen. Es schaut zu, wie sein Gesicht in lauter silberne Stücke zersplittert, und zeigt mir sein zahnloses Grinsen. Ich pruste gegen seine Wange und ziehe mir selbst die Ohren lang. Darauf stößt es ein ansteckendes, lautes Babylachen aus und sabbert auf den Boden. Ich lege mich auf den Bauch, stütze das Kinn in die Hände und schaue es mir eine Weile an. Babys bringen einen dazu, so was zu tun. Es hat Matts Augen, und meine – große, graugrüne mit dunklen Tupfen und immer feucht wirkenden Wimpern. Dodd-Augen. Augen wie das Meer, nur dass ich bei denen des Babys bis auf den Grund sehen kann. Ich spüre eine Verbindung zwischen uns, kämpfe aber dagegen an, weil es keinen Sinn hat. Es wird bald wieder weg sein, genau wie die anderen.

Es schlägt mit seiner speckigen Hand auf die Discokugel.

»Jaaa, Balla«, sage ich und greife nach dem Telefon auf meinem Bett. Tahnee. Schon wieder Tahnee. Eine kryptische SMS von Tahnee. Sie macht sich nie die Mühe, automatisch vorgeschlagene Wörter zu korrigieren, darum lesen sich ihre SMS wie schlechte Übersetzungen.

Dann fällt mir auf, dass meine Lonely-Planet-Reiseführer weg sind. Ich hatte sie aus dem Bücherregal genommen und in eine Kiste gepackt, weil sich die Bretter unter ihrem Gewicht durchbogen. Schnell mache ich eine Bestandsaufnahme, aber nur die Kiste fehlt.

Ich bin nicht so dumm, Mum zur Rede zu stellen, während sie gebannt vor dem Shopping-Programm sitzt. Also wickle ich erst mal das Baby. Die Windel ist völlig durchnässt und riecht nach Ammoniak. Ich hebe sie mit einer Zange hoch, schlage sie in Zeitungspapier ein und lasse sie auf dem Küchentisch liegen, wie um den Schwarzen Peter weiterzureichen. Dann setze ich mir das Baby auf die Hüfte. Wir drücken uns in der Nähe der Küchentür rum und tun so, als interessierten wir uns für gruselige viktorianische Puppen in Spitzenkleidchen, bis sie im Fernsehen auf das Thema Elektrowerkzeug umschwenken.

»Setz mal Wasser auf, Mim«, sagt Mum.

»Wo sind meine Lonely-Planet-Bücher? Die aus der Kiste neben meinem Bett?«

»Ach, die hat Mrs Tkautz. Ich hab sie ihr für ihren Garagen-Flohmarkt am Sonntag gegeben.«

»Du hast *was*?«, schreie ich. Das Baby erschrickt und fängt an zu weinen.

Sie schaut mich warnend an. »Krieg dich wieder ein. Sie waren in einer Kiste. Ich dachte, du brauchst sie nicht mehr. Wozu willst du was lesen, das du schon kennst? Du liest sie immer wieder, bis du dir die Augen verdirbst. Blöde Bücher über die Erlebnisse anderer Leute.«

Wie immer bin ich hin- und hergerissen zwischen Liebe und Hass. »Ich will meine *Bücher*.«

»Sie sind weg. Find dich damit ab.«

»Du verstehst das nicht, ich *brauche* sie.«

Diese Bücher sind meine Landkarten. Sie zeigen mir, dass es da draußen noch etwas anderes gibt; sie geben mir Hoffnung. Sie bewahren mich davor, hier durchzudrehen.

»Du wirst mehr als einen Stapel Bücher brauchen, um hier rauszukommen, Mim.«

Manchmal weiß sie einfach, was in meinem Kopf vorgeht. Ich bin wütend auf sie, aber noch mehr auf mich selbst. Ich fühle mich so hilflos. Als ob ich an einem Pendel hinge, das zu hoch und zu schnell ist, um abzuspringen. Ich schuckele das Baby, und es spuckt auf meine Schulter.

»Na toll, danke. Wer *ist* das überhaupt?« Ich greife unter seine Achseln und halte es von mir weg; es baumelt in der Luft.

»Dein Neffe.«

»Noch einer? Das ist übrigens das letzte Mal, dass ich die Drecksarbeit für dich mache.«

Sie stützt sich auf ihren Ellenbogen. »Was ist los?«

»Das nächste Mal kannst du dein Paket selbst abholen.«

»Oh, Entschuldigung, Prinzessin. Gib mir das Baby.« Sie wedelt mit den Händen in der Luft. »Gib mir das verdammte Baby.«

Ich lege ihr das Baby auf die Brust, und es sinkt in ihren Treibsand.

»Ein Mal, nur ein einziges Mal bitte ich dich um was, und nicht mal das kannst du tun, ohne dich zu beschweren. Verpiss dich!«, zischt sie. »Undankbares Stück!«

Sie ignoriert mich. Tut so, als sähe sie fern.

Mein Zimmer ist zu nah, als dass ich dort vor ihr sicher wäre, also gehe ich durch die Hintertür nach draußen. Ich nehme meine iPod-Ohrstöpsel und höre melancholische Musik, um abzuschalten. Die Betonstufen unter meinen Schenkeln kühlen sich ab, während die Sonne hinter den Wellblechzaun sinkt. Das letzte Säuseln des Tages. Ein Pendlerzug fährt vorbei, fast leer, weil es nach acht ist. Meine Kehle ist wie zugeschnürt, als hätte ich geweint, aber meine Augen sind trocken.

Zwei Kriege. Der erste wird sich auf der Straße abspielen. Dabei werden Telefongespräche geführt und Gefälligkeiten eingefordert, vielleicht fließt Geld. Das Paket wird zu seiner Besitzerin zurückkehren. Es wird Blut geben und Vergeltung.

Der zweite wird ein stiller Krieg sein. Bei Mum versteht man auch ohne Worte, was los ist. Sie verströmt Enttäuschung.

Ich komme mir so leichtsinnig vor.

Ich starre auf den Schuppen und frage mich, ob die Bestie tot ist.

3

An Matts Einundzwanzigstem vor zwei Jahren hab ich das erste und letzte Mal Champagner getrunken. Er erinnerte mich an Tahnee: blass, süß, kleine Blasen ohne Inhalt und eine feine Sache, wenn man in der richtigen Stimmung ist. Tahnee verschwendet ihren Atem nicht an Höflichkeiten. Nie ein Hallo oder Auf Wiedersehen oder Wie geht's. Sie spart sich das Getue und kommt gleich zum Punkt. Seit neun Jahren sehen wir uns beinahe täglich. Zuerst saßen wir in der Schule nebeneinander, da waren wir sieben, und seitdem verlaufen unsere Leben parallel. Wir haben zur gleichen Zeit unsere Milchzähne verloren, haben uns Klamotten, Spielsachen und die Familien geteilt. Gespielt haben wir immer nur zu zweit, andere brauchten wir nicht. Wir hatten dieselben Hoffnungen und Träume und haben uns alles erzählt. Erst vor kurzem hat sich das geändert.

Ich höre von draußen, wie sie zur Haustür reinplatzt und in mein Zimmer stürmt, und bevor ich mich bemerkbar machen kann, knallt die Fliegengittertür in meinen Rücken.

»Oh, 'tschuldigung«, sagt sie und setzt sich neben mich auf die Stufe. »Schau mich mal an.«

Ich tu's, erkenne aber nicht, worauf sie hinauswill.

Sie zieht mich hoch. »Komm, wir gehen in dein Zimmer. Sag mal, trägt deine Mum ein Zelt? Das orange Teil, das sie da anhat?«

»Das ist terrakotta, und ja, ich weiß, dass sie aussieht wie der Uluru.«

Mein Schlafzimmer ist eigentlich ein Wintergarten, eine angebaute, überdachte Veranda mit Glaslamellen statt Fenstern. Im Sommer ist es dort zu heiß und im Winter zu kalt, aber die Alternative wäre das Zimmer neben Mum. Selbst wenn die Lamellen geschlossen sind, kommen in einer warmen Nacht wie dieser die Mücken rein. Dann sehe ich langbeinige Schatten an der Decke, wo die Moskitos auf der Lauer liegen, und Motten rotieren wie wild um die Glühbirne.

Tahnee posiert vor dem kleinen Spiegel an meiner Schranktür. Ihre Haut glänzt in dem grellen Licht und ist rosarot. Sie hat Mückenstiche am Hals und einen Knutschfleck auf der Schulter.

»Fällt dir auf, dass irgendwas anders ist?« Sie dreht ihr Gesicht von einer Seite zur anderen.

Mir fällt was auf, aber ich tue so, als wär nichts.

»Das muss ja ein Riesenmoskito gewesen sein.«

»Es kann doch nicht sein, dass du's nicht siehst!«, jammert sie.

Ich weiß, was sie getan hat. Sie sieht nicht mehr wie eine Frau aus als gestern, aber ich weiß es. Sie hat es getan. Es tritt eine peinliche Stille ein, und plötzlich ist da eine große Kluft zwischen uns, als wäre sie ein Jahr weg gewesen und verändert zurückgekommen.

»Erzähl's mir«, sage ich, weil es das ist, was sie hören will.

Sie redet, und ich sitze aufmerksam daneben.

Alles an ihr springt ins Auge, wie ein Pop-up-Buch, alles ist Farbe, Oberfläche und Glitter. Früher sahen wir uns so ähnlich, dass die meisten Leute uns für Schwestern hielten, aber das war, bevor wir Rundungen und Kurven bekamen und aufgehört haben, die gleichen Klamotten zu tragen.

Tahnee ist gestylt und total drüber, und das nicht nur, weil sie High Heels trägt. Die Haare reichen ihr bis zur Taille; inzwischen sind sie fast komplett blond und zuunterst kupferfarben. Wenn Tahnee sich aufregt oder sauer ist, wird sie laut und fahrig und bewegt ihre Hände wie Handpuppen. Ihre Oberlippe ist gepierct. Manchmal vergesse ich das und versuche, ihr den Stecker wie einen Krümel aus dem Gesicht zu wischen.

Ich bin dagegen nur schwarzweiß, ein Strichmännchen. Scharfe Linien und Kanten, aber kein Volumen. Meine Haare sind lang, dunkelbraun und von Natur aus lockig – Zigeunerhaare, die wie ein Barometer reagieren. Je nach Wetterlage dehnen sie sich aus oder ziehen sich zusammen. Tahnee geht hin und wieder mit einer Flasche Anti-Locken-Shampoo darauf los, aber sie lassen sich nicht so leicht zähmen. Als ich mich über Tahnees linke Schulter hinweg im Spiegel betrachte, sehe ich in ihrem Schatten ein schlaksiges, wildes Mädchen mit gebräunter Haut.

Es tut weh, als mir mit einem Mal klar wird, dass sie mich weit hinter sich gelassen hat; ich kann sie schon fast nicht mehr einholen.

»Wo?« Ich starre sie an.

»In Ryans Wagen. Draußen im Sumpfgebiet. Er ist ja so romantisch.«

Ich stelle es mir vor: Klebriges Gefummel auf der Rückbank eines Subaru, aus dem stinkenden

Sumpf steigt eine Wolke aus Vampir-Moskitos auf, beschlagene Fenster, das Wummern eines Basses. Ich wollte mehr für sie. Ich wollte, dass sie selbst mehr gewollt hätte.

»Ich fasse es nicht, dass du das wirklich gemacht hast«, sage ich.

Einen Moment lang klappt ihr die Kinnlade runter, dann zieht sie auf diese zickige Art die Augenbrauen hoch, wie sie es immer macht, wenn sie richtig sauer ist, und spielt mit den Enden ihrer Extensions.

»Das war kein großes Ding, Mim. Ich hab ihm ja keine Niere gespendet.«

»Du hast es versprochen. Wir haben uns gegenseitig versprochen, anders zu sein.«

Sie beißt sich auf die Unterlippe und zupft einen Klumpen Mascara aus ihren Wimpern. Tahnee kann sich selbst in die Augen sehen, wenn sie vor dem Spiegel steht; ich kann das nicht. Ich kneife die Augen zusammen oder versuche im Vorbeigehen einen Blick zu erhaschen, aber ich kann nicht einfach dastehen und mich anschauen, wie sie es tut.

»Ich hab's versucht, wirklich. Vielleicht ist es mir nicht so wichtig wie dir. Kannst du dich nicht einfach für mich freuen? Jetzt ist das Thema durch. Und ich bin immer noch dieselbe.«

»Das ist erst der Anfang«, sage ich kopfschüttelnd. Ich habe einen Kloß im Hals, der sich anfühlt wie ein steckengebliebenes Stück trockenes Brot.

»Der Anfang von was?«

»Na, vom Ende natürlich.«

»Mein Gott, ich bin sechzehn, nicht elf«, schnaubt sie. »Der einzige Grund, warum ich es nicht schon früher getan habe, ist, dass du nie rausgehen oder irgendwas machen willst. Es geht immer nur um dich und deine blöden Regeln. Du hast so eine Angst, wie deine Mutter zu werden, dass du vor lauter Panik völlig lahmgelegt bist. Deine Regeln drehen sich nur darum, was du alles nicht darfst, nie darum, was du tun solltest. Wie zum Beispiel Spaß haben und das Leben entdecken.«

»Sie sind nicht blöd. Wie soll ich denn sonst hier rauskommen?« Ich spreche leise, damit Mum nichts hört. »Wenn du weiter mit Ryan vögelst, entdeckst du das Leben über eine Nabelschnur. Dann kannst du mir aus erster Hand davon erzählen.«

»Gott, bist du unentspannt. Früher hatten wir Spaß zusammen«, sagt sie schmollend.

»Du hast dich verändert, nicht ich«, zische ich. »Unter Spaß haben verstehst du neuerdings, in die Büsche zu kotzen und zu versuchen, beide Seitenspiegel von Ryans Wagen gleichzeitig mit den Füßen zu berühren.«

Tahnee grinst selbstgefällig. »Was ziemlich Spaß gemacht hat.« Sie zeigt mit dem Finger auf sich selbst. »Und zu deiner Information: Ich kann's.«

»Was kannst du?«

»Mit den Füßen beide Seitenspiegel berühren.« Sie rutscht in einen perfekten Spagat, wackelt mit den Zehen und führt die Hände wie eine Turnerin über den Kopf. »Siehst du? Mein Debüt wird ihm nicht mehr aus dem Kopf gehen. Er hängt am Haken. Typen lieben so was.«

»Ah, du bist ebenso weise wie biegsam«, sage

ich mit meiner besten Konfuzius-Stimme und unterdrücke ein Grinsen. Ich kann ihr nicht lange böse sein.

»Heißt das, du vergibst mir?« Sie zieht eine Schnute.

Dass du mich abgehängt hast? »Eher nicht«, sage ich.

»Was treibst du eigentlich so?«, fragt sie, während sie nach meinem Lipgloss greift, der wegen der Hitze und weil ich ihn zu selten benutze ausgetrocknet ist. Sie trägt ihn auf, zupft dann die Krümel von ihren Lippen und wirft ihn angeekelt wieder hin.

»Nichts«, lüge ich.

»Hey, hast du Jordan gesehen? Ich hab gehört, er geht doch nicht an die Uni. Er legt eine Auszeit ein.«

»Hab ihn heute getroffen.«

»Echt? Wo?« Ihr Blick signalisiert genau wie ihr Ton, dass sie weit weg ist. Ihre Hände gleiten über einige Schmuckstücke, eine Parfümflasche, eine CD. Aber eigentlich möchte sie woanders sein.

»Ach, egal.« Wenn ich ihr erzähle, was passiert ist, fange ich bestimmt an zu weinen und verliere meine Entschlossenheit. Dazu kommt, dass ihr Traum in Erfüllung gegangen ist – wenn man das als Traum bezeichnen kann – und meiner im Eimer ist. Von wegen unser Leben verläuft parallel.

»Hat es weh getan?«

»Ach was«, sagt sie, aber ich sehe, dass sie lügt.

»War es okay? Ich meine, wirst du's wieder tun?«

»Es war in Ordnung. Ehrlich. Aber ich muss jetzt los. Er holt mich ab.«

Na großartig. Und ich hänge am Samstagabend mit meiner Mutter zu Hause. »Liebst du ihn?«, frage ich. Ich bin nämlich eine Romantikerin.

Sie schnaubt. »Sei nicht albern.«

»Und denk dran: Immer schön aufwärmen vor dem Dehnen«, sage ich zu ihr, als sie geht.

4

Am Morgen sind Mum und das Baby verschwunden. Sonntags weckt mich meistens der Acht-Uhr-Zug, aber normalerweise döse ich danach wieder ein. Ich bin überrascht, dass ich überhaupt ein Auge zugekriegt habe, denn beim Schlafengehen rumorte es in meinem Bauch, und in meinem Kopf brodelte es, als hätte ich zu viele Energy-Drinks getrunken.

In der Küche knallen dicke Schmeißfliegen gegen das Fenster, weil Mum das Schutzgitter offen gelassen hat, und die Scheibe selbst strahlt schon Hitze ab. Ich sprühe die Fliegen ein, warte, bis sie sich nicht mehr im Kreis drehen, und hebe sie mit einem Papiertuch auf.

Das zerzauste Nest in unserem Zitronenbaum fällt auseinander, und die Ringeltaubenjungen sind schon fast flügge. Noch vor zwei Wochen waren sie ganz rosa und hatten vorstehende, mit violetter Haut überzogene Augen. Sie hecheln wie Welpen, nur dass sie dabei die Zunge nicht raushängen lassen. Die Eltern wechseln sich ab, einer kommt, einer geht.

Der Kühlschrank ist so gut wie leer, aber im Gefrierfach entdecke ich ein Stück Schinkenspeck. Ich lege es in die Mikrowelle, warte auf das *pling* und bewaffne mich mit einer Grillzange. Dann nehme ich den Speck und hole einen Tischventilator aus Mums Zimmer. Heute wird es tierisch heiß sein im Schuppen.

Gargoyle liegt noch an derselben Stelle, nur jetzt mit dem Hinterteil auf der Decke, und rund um den Eimer ist es sabberig und feucht. Er knurrt. Sein Elend verströmt einen intensiven, fauligen Geruch.

»Ist ja gut, altes Scheusal, ist ja gut«, sage ich beschwichtigend.

Ich wickle den Speck aus und werfe ihn in seine Richtung. Er landet mit einem saftigen Klatschen auf seiner Nase. Gargoyle seufzt, was seltsam menschlich klingt, und wendet den Kopf von mir und dem Speck ab.

Vielleicht sollte ich Mick Tarrant sagen, dass sein Hund hier ist. Schon bei dem bloßen Gedanken verkrampft sich mein Körper; ich spiele das Szenario mal durch, nur zur Sicherheit.

Klopf, klopf.

Hallo, Mrs Tarrant. Mim aus der Nachbarschaft. Oh, das sieht aber schlimm aus, sind Sie gestürzt? Hallo, Kleiner. Ich hab ein Taschentuch dabei, komm, ich wisch dir mal die Nase ab. Wirklich süß, der Kleine. Entschuldigen Sie die Störung, ist Ihr Mann zu Hause? Gargoyle ist in unseren Schuppen gekrochen und hat, wie's aussieht, einen Köder geschluckt. Vielleicht braucht er einen Tierarzt. Oh, da ist er ja. Hallo, Mick. Wollen Sie mitkommen und Ihren Hund holen?

An der Stelle endet die nachbarschaftliche Szene. Ich male mir aus, wie Mum nach Hause kommt und Mick Tarrant auf ihrem Grundstück antrifft. Ich bin tot. Ich sehe vor mir, wie Donna Tarrant kreischend ins Haus geschleift wird, weil sie es gewagt hat, mir die Tür zu öffnen. Sie ist tot.

Ich sehe, wie Mick den blöden Hund tritt. Er holt seine Flinte raus. Gargoyle ist tot.

Das letzte Mal, dass ich an ihre Tür geklopft habe, ist Jahre her. Da war ich zwölf. Ich sammelte Spenden für den Lesemarathon an unserer Schule und träumte bereits von meinem Preis, denn ich kann lesen wie der Blitz.

Micks grobe Pranken auf meinen zarten Brüsten, sein um zehn Uhr morgens nach Bourbon stinkender Atem, seine schlechten Zähne, sein massiger Körper, meine Scham und Verwirrung. Ich rannte nach Hause und schwieg zwei Tage lang, bis Mum mir die Geschichte aus der Nase zog. An die Prügelei, die es danach mitten auf der Straße gab, kann ich mich noch gut erinnern. Mum schwang einen Golfschläger, die Jungs ihre Fäuste, und Mick Tarrant drohte, die Kleine beim nächsten Mal richtig ranzunehmen.

Dann: Waffenstillstand. Mum kündigte an, einen Killer auf einem Motorrad anzuheuern, der Mick abknallt, wenn er sich jemals auch nur in die Nähe ihres Grundstücks wagt. Mick schwor, nicht lange zu fackeln und sofort abzudrücken, sollte je ein Dodd seins betreten. Und damit hatte es sich. Alte Fehden sind wie Risse im Asphalt: Wir alle weichen ihnen aus, und trotzdem werden sie immer tiefer und größer.

Ungefähr ein Jahr später traf ich Donna Tarrant in der Imbissbude. Sie murmelte so was wie, sie hätte nicht genug Geld für ihre Pommes dabei, und ließ sie auf dem Tresen zurück.

Also wird Gargoyle von allein hier rauskriechen müssen.

Inzwischen müsste Benny auf sein. Ich schließe den Schuppen und das Haus ab, nehme ein Bier aus dem Kühlschrank auf der Veranda und überquere die Straße. Ein peitschender Wind schiebt mich auf die andere Seite, und ein feiner kühler Sprühregen schlägt mir ins Gesicht. Mrs Tkautz sprengt ihre Pflanzen und befeuchtet die Erde. Dass wir angehalten sind, möglichst wenig Wasser zu verbrauchen, kümmert die Frau nicht.

»Hallo, Mrs Tkautz«, grüße ich artig.

Verkommenes Kind, lese ich ihr von den Lippen ab.

Bewässere du nur weiter deinen Garten, alte Hexe. Umso schneller keimt und grünt meine Saat.

Benny sitzt nicht auf seinem Stuhl. Ich spähe durch die Fenster, um nachzusehen, ob er es vielleicht nicht bis dahin geschafft hat, und halte nach flach auf dem Boden liegenden Beinen Ausschau. Wir alle wissen, dass es nur eine Frage der Zeit ist, bis er eines Tages nicht mehr aufwacht. Aber er ist nicht im Haus. Also werfe ich einen Blick in den Kühlschrank auf seiner Veranda. Leer. Kein Bier. Er wird sich irgendwo an den Bahngleisen rumtreiben. Ich nehme das Bier von uns mit, damit ich ihn nach Hause locken kann, wenn ich ihn finde.

Hinter den Häusern sind die Bahngleise eingezäunt, aber es gibt ein Dutzend Wege hindurch. Ich hätte besser was anderes als Badelatschen und Shorts angezogen, denn das Gras ist trocken und hoch; es zerkratzt die Beine, und alles juckt. Die Bierflasche schwitzt. Ich lasse sie über meine Arme gleiten, damit sich der heiße Windhauch anfühlt wie klimatisierte Luft.

Da, wo unsere Straße aufhört, fangen die Olivenbäume an. Sie stehen in langen Reihen entlang der Gleise, schwarz von Früchten und so endlos wie die Schienen. Er kann nicht weit sein. Wenn er betrunken ist, läuft er immer zum Getränkeladen. Wenn er kein Bier und kein Geld mehr hat, geht er zu den Gleisen.

Ehe ich mich versehe, bin ich am alten Stellwerk. Es ist groß und weiß und wirkt hier fehl am Platz wie ein Leuchtturm auf einer Koppel. Am Eingang riecht es nach altem Urin, und unter meinen Füßen knirschen würfelförmige Glasscherben. Aber es ist nun mal wie ein alter Freund, und ich bleibe stehen, um Hallo zu sagen.

Das Seil hängt noch da und schwingt hin und her. Aber irgendwer hat eine Schlinge hineingeknüpft. Ich schlüpfe aus meinen Latschen, stelle die Flasche daneben und klettere hoch. Das ist schwerer, als ich es in Erinnerung habe. Fast sechs Meter, und meine Füße sind ganz aufgerieben und wund. Oben angekommen, trete ich raus auf die Brücke, einen schmalen, über den Gleisen schwebenden Steg. Die fernen Hügel flimmern in der Hitze wie eine Fata Morgana. Von hier sieht unsere Straße aus wie eine Stadt in einem Comic. Lauter harmlose kleine Schachteln.

»Benny!«, rufe ich.

Niemand. Nur der Wind.

Es gibt hier zwei schmale Türen, eine führt zur Treppe, die sich vom Erdgeschoss hochwindet, die andere in den Kontrollraum weiter oben. Beide sind verschlossen und verriegelt. Als ich ins Teenager-Alter kam und Matt und Dill angeblich erwachsen wurden, haben sie den Schlüssel an mich weitergereicht – in einer feierlichen Zeremonie nach Mitternacht, mit Blutschwüren und geheimen Erkennungszeichen. Ich greife nach oben auf den Türrahmen; der Schlüssel ist noch da, wo ich ihn damals, in ein altes Kaugummi gedrückt, hingeklebt habe.

Ich hangele mich am Seil wieder nach unten und schließe die untere Tür auf. Die Luft da drinnen schmeckt wie heißes Metall. Einmal habe ich Tahnee mit hierhergenommen, aber sie bekam Angst und wollte wieder gehen. Sie fand es zu unheimlich; zu viele Spinnen, keine Luft.

Die Stufen sind komplett vollgeschrieben, alles von mir. *Ich werde die Schule beenden. Ich werde keine Drogen nehmen. Ich werde mir keine Tattoos machen lassen. Ich werde keinen Alkohol trinken. Ich werde nicht ständig »Fuck« sagen. Ich werde keinen Sex haben, bis ich achtzehn bin. Ich will nicht so werden wie alle anderen. Ich vertraue nur mir selbst. Eines Tages werde ich diesen Ort verlassen und nie mehr zurückkehren. Und vor allem: Ich will nicht so werden wie meine Mutter.* Das ist mein Plan. Die Regeln, wie ich nicht werden will. Falls ich jemals hier rauskomme, anders werde, nein, mehr als das, *besonders*. Ich bin mit meinem Namen und meiner Herkunft geschlagen. Ich darf nicht zulassen, dass ich wie die anderen werde. Ich brauche die Regeln nicht zu lernen; ich kenne sie und lebe nach ihnen. Abgesehen von dem Drogendeal gestern.

Ich gehe hoch in den Kontrollraum. Die Hitze ist erdrückend.

Die meisten Graffitis hier drinnen sind von den

Jungs. An den Wänden hängen Bandposter und Ticketabschnitte, und überall sind Mädchennamen hingekritzelt, oder durchgestrichen und mit Sauereien vollgeschmiert. Dillons Regeln folgten eher dem Motto »Live fast, die young«. Matts größter Ehrgeiz bestand darin, mit möglichst vielen Leuten gleichzeitig zu kiffen, um den Weltrekord im Eimer-Rauchen zu brechen. Zwischen den beiden liegen zwei Jahre, aber sie könnten genauso gut Zwillinge sein. Der eine macht immer da weiter, wo der andere aufhört. Wenn Matt Pläne schmiedet, riskiert Dill Kopf und Kragen. Wenn Matt die Theorie aufstellt, dass Geschwindigkeit die Schwerkraft aufhebt, fährt Dillon mit dem Motorrad vom Schuppendach aufs Trampolin. Matt ist düster und schwierig, Dillon charmant und gutaussehend. Mum nennt sie die »Missionare des Todes«.

In den hölzernen Türrahmen sind lauter Kerben geritzt, die unsere Größen anzeigen. Die von den Jungs hören bei ungefähr eins achtzig auf, aber sie sind beide noch weiter gewachsen.

Ich stelle mich mit dem Rücken an den Rahmen und lege meine Hand flach auf den Kopf. Seit ich vor ein paar Jahren zuletzt hier war, bin ich nur knapp anderthalb Zentimeter größer geworden. Ungefähr eins achtundsechzig. Eins achtundsechzig sind nichts Besonderes. Ich bin immer noch klein, planlos *und* gewöhnlich.

Wie die Jungs zu ihren Namen gekommen sind, ist eine super Geschichte. Sie heißen nach einem Schauspieler, für den Mum in den Achtzigern geschwärmt hat. Mein Name ist ein Tribut an eine alte Frau, die Mum bei sich aufgenommen hat, als sie nicht wusste, wohin. Sie war mit mir schwanger, und die Jungs waren ungefähr vier und sechs, als mein Dad abgehauen ist. Dass er nicht bleiben würde, war ihr wohl klar gewesen, aber dass er sie mit nichts zurücklassen würde, hatte sie dann doch nicht erwartet. Mit nichts als einem leeren Portemonnaie und einem dicken Bauch.

Mein Blick fällt auf das mit Lippenstift gemalte Herz über dem Fenster. *Mim liebt Jordan.* Das habe ich schon vor Jahren geschrieben, in runder, kindlicher Schnörkelschrift. Hitze und Zeit haben dafür gesorgt, dass es Risse bekommen hat und verlaufen ist.

Jetzt, wo es niemand sieht, weine ich doch. Dicke, schwere Tränen, die trocknen, bevor sie am Kinn sind. Es ist albern, sie an etwas zu vergeuden, das nie wirklich begonnen hat.

Als ich mich ausgeheult habe, öffne ich die Tür im oberen Stockwerk, setze mich auf die Brücke und lasse die Beine über den Gleisen baumeln. Sie erstrecken sich meilenweit, von Osten nach Westen, und werden immer schmaler, bis sie im Nichts verschwinden. Es gibt zwei Wege hier raus, aber ich bin noch hier. Stecke fest.

»Benny!«, rufe ich durch den Trichter, den ich mit den Händen forme.

»Hey, Mann.«

Ich spähe unter die Brücke. Benny nennt jeden Mann, es sei denn, er kann sich an den Namen erinnern. Er hockt wie der vierte weise Affe im Schatten des Stellwerks, die nackten braunen Knie rechts und links an den Ohren, die Arme dazwischen verschränkt.

Ich renne nach unten, um die untere Tür abzuschließen, dann wieder rauf in den Kontrollraum. Keuchend drücke ich den Schlüssel zurück an seinen Platz. Oben am Seil zögere ich einen Moment, um mich innerlich auf den Absprung einzustellen. Benny reckt sich, macht die Bierflasche auf und stellt meine Schlappen ordentlich hin. Ich gleite nach unten und schlüpfe hinein.

»Is 'n langer Weg nach oben, Mann«, sagt er.

»Ja. Ich bin aus der Übung. Ist schon eine Weile her.«

»Haste den Hund wieder ausm Schuppen rausgekriegt?«

Ich frage Benny nicht, woher er manche Sachen weiß. Er weiß sie einfach. Er sagt etwas, und dann passiert es.

»Hast du irgendwas, das ihm wieder auf die Beine hilft?«, frage ich.

Er antwortet nicht und läuft schnurstracks zurück zur Straße. Dann dreht er sich um und zeigt auf das Stellwerk. »Is 'n langer Weg nach oben, was? Runter aber nich.« Er geht weiter.

»Kannst du ihn dir mal ansehen, Benny?«

»Japp.« Er nickt.

Wir laufen schweigend nach Hause. Benny geht so unbefangen unsere Einfahrt hoch und durchs Seitentor rein wie jemand, der das ständig macht. Alle Jalousien sind unten. Mum muss noch unterwegs sein.

Als wir den Schuppen betreten, hebt Gargoyle seinen riesigen Mastiffkopf. Ein gutes Zeichen. Benny hockt sich neben ihn, aber der Hund wird unruhig und schnappt nach ihm.

Bennys Finger sind wie knotige Wurzeln; die Arthritis hat sie gekrümmt, und sie zittern pausenlos. Er fasst Gargoyle nicht an, sondern lässt seine alte Hand nur um ihn rum durch die Luft gleiten. Dann legt er sie auf sein nacktes Knie und stellt die Diagnose.

»Dem fehlt nix. Der will nur nich nach Hause.«

Benny geht. Ich höre das schmatzende Geräusch der Kühlschranktürdichtung, als er sich noch ein Bier nimmt, kurz darauf schwingt das Tor mit einem metallischen *Klick* zu.

Die Bestie guckt mich hechelnd an. Ich stelle Gargoyle frisches Wasser hin, hebe den Speck auf und sammle einen Teil der Hundehaufen mit einem alten Kehrblech auf. Langsam, damit ich ihn nicht erschrecke. Er lässt mich gewähren, und als ich fertig bin, klopft er mit dem Schwanz auf den Boden, einmal.

»Du magst mich.«

Noch ein Klopfen.

»Du musst nach Hause gehen.«

Klopfen.

»Du kannst nicht hierbleiben. Ich hab schon genug Ärger am Hals. Ich will nicht, dass sie hier reinkommt.«

Gargoyle starrt mich nur an und zwinkert. Als ob er versteht, was ich sage. Ich wünschte, er könnte sprechen; dann könnte er mir sagen, wie ich das Zeug wiederbekomme, bevor Mum rausfindet, dass es weg ist.

»Wenn Mum wüsste, dass du hier bist, würde sie dich wahrscheinlich von deinem Leid erlösen. Dir eine Schaufel auf den Kopf hauen, wie sie es bei braunen Nattern macht. Ja, genau, und sie würde allen damit einen Gefallen tun.«

Winseln. Er sieht nicht so aus, als ob er abhauen würde.

Ich brauche einen Plan.

Ich sollte beichten. Mum einfach sagen, was mit dem Paket passiert ist. Ein paar Anrufe bei Leuten, die uns noch einen Gefallen schulden, und schon bereut Jordan Mullen, dass er sich mit mir angelegt hat. Wenn meine Familie irgendwas gut kann, dann ist das, Rache zu üben. Nicht, dass ich Angst hätte vor Mum oder Matt oder Dill – es ist, wie unter dem Schutz der Mafia zu stehen. Aber man zahlt immer einen Preis.

Wenn sie die Schulden zurückfordern, bin ich wieder eine Dodd. Wieder bei null.

5

Als ich hineingehe, ist es im Haus dunkel, stickig und schwül. Ich gieße mir einen Instantkaffee auf und begebe mich auf die Suche nach etwas Essbarem, das gesund ist, wie Obst oder Müsli. Aber es sind nur Pommes frites da, die nicht zählen, und gefrorene Tierkadaver, die ich nicht identifizieren kann, weil sie dick mit Eis überzogen sind.

In neun Tagen werde ich siebzehn. Siebzehn, das klingt nach einem Wendepunkt, aber in Wirklichkeit ist es nur eine andere Zahl. In vierzehn Tagen bin ich wieder in der Schule, um das zwölfte Schuljahr in Angriff zu nehmen. Die Lehrer werden überrascht sein, dass ich da bin. Sie werden mit verkniffenen Gesichtern ihre Blicke über die Klasse schweifen lassen und feststellen, dass mindestens die Hälfte abgebrochen hat. Aber ich kann nicht aufhören, selbst wenn ich wollte. Ich muss mich an die Regeln halten.

Unverschämt, dass der Sommer weitergeht, wenn die Schule wieder anfängt. Tahnee geht ab, um eine Friseurlehre anzufangen. Sie hat ein Händchen für so was. Selbst meine Haare kriegt sie mit genügend Zeit und Chemie so hin, dass sie gut aussehen. Ein bisschen heiße Luft, eine Handvoll Glibberzeug, et voilà – sie sind absolut glatt, und ich sehe aus wie ein Mädchen.

»Was hast du denn im Schuppen gemacht?«

Ich zucke zusammen. Der Fernseher läuft nicht, was merkwürdig ist, und die Jalousien sind immer noch unten. Ich hatte nicht erwartet, dass Mum zu Hause ist. Sie sitzt im Halbdunkel und sieht aus wie ein platter Reifen – alle Luft scheint aus ihr gewichen zu sein.

»Ich wusste nicht, dass du hier bist. Was ist los?« Ich bemühe mich um einen beiläufigen Ton, aber meine Stimme klingt nervös.

Ihr Schweigen macht mir Angst. Sie weiß es, sie muss es wissen. Ihre Enttäuschung ist fast mit Händen zu greifen, wie ein fester Körper mit Haut und Knochen.

Du bist einfach zu nichts zu gebrauchen, Mim. Nicht mal eine Aufgabe kann man dir geben, ohne dass du sie vermasselst. Ich hatte dich um einen simplen Gefallen gebeten – das Paket abzuholen und nach Hause zu bringen. Es ist einfach zwecklos mit dir.

»Setz Wasser auf, Mim.« Sie holt ein Päckchen Zigaretten raus, steckt sich eine an und zieht daran, als wäre es eine Sauerstoffmaske und das Flugzeug befände sich im Sturzflug. Asche fällt in ihren Schoß. Ich möchte sie wegwischen, aber ich kann mich nicht erinnern, wann ich Mum zuletzt berührt habe.

»Ich mach mir nur Sorgen, das ist alles. Ich glaub, die Jungs haben diesmal Pech. Sie werden wohl länger drinbleiben. Irgendwer ist ihnen gefolgt und hat sie verpfiffen. Ist nur noch eine Frage der Zeit, bis sie das Haus auf den Kopf stellen.« Sie spricht durch zusammengepresste Lippen, und dabei quillt Rauch aus ihrem Mund.

Ihre größte Angst ist es, dass die Jungs verknackt werden. Dass ich von zu Hause weggehe, kommt gleich danach. Ich möchte ihr sagen, dass im Schuppen nichts ist außer einem alten Telefonbuch und einem hässlichen Hund. Unsere kleine Familie droht, sich aufzulösen, und ich bin wütend und traurig und ängstlich, alles zugleich. Also mache ich dasselbe wie immer, wenn es mir so geht – ich reiße meine Klappe auf und sage Dinge, die ich nicht sagen sollte.

»Sie kannten das Risiko, Mum.«

»Trotzdem sind sie meine Jungs.«

»Sie wollten immer Drogendealer werden. Jetzt gehören sie zu den ganz Harten. Wer Respekt will, muss auch eine Zeitlang gesessen haben ...« Ich höre auf mit dem Gefasel und warte auf die Ohrfeige. Ich hab sie verdient, weil ich erleichtert bin, dass sich dieses Gespräch nicht um mich dreht.

Aber sie kommt nicht. Mums leiser, giftiger Tonfall tut mehr weh.

»Verschon mich mit deinem scheinheiligen Mist, Jemima. Was glaubst du, woher das Geld für dein Essen, dein Handy, deine Kleider und den ganzen anderen Kram kommt, hm? Was glaubst du wohl, wovon wir leben?«

»Leben? Wie leben wir denn, Mum? In einem beschissenen Haus neben Hexen und Säufern und Typen, die ihre Frauen vermöbeln. Wir verkaufen Drogen. Und du passt auf Enkelkinder auf, die du nie wiedersiehst. Du verliebst dich in sie, und schon sind sie wieder weg. Also legst du dich aufs Sofa und isst. Und kaufst sinnlosen Scheiß, den wir nicht brauchen. Ich hasse es. Ich hasse es hier.« Ich weiß, dass ich mich unmöglich aufführe, aber ich kann mich nicht bremsen.

»Wir tun das, was wir tun, um zu *überleben*, Mim. Manchmal gibt es keinen Ausweg.«

Mit Mums Wut kann ich umgehen. Ihre legendären Tobsuchtsanfälle bin ich gewohnt. Manchmal sind sie so spektakulär wie ein Feuerwerk; grell und laut, unvergesslich und gnadenlos. Früher dachte ich immer, alle in unserer Straße hätten nur deshalb Sofas auf der Veranda, damit ihnen das Spektakel nicht entgeht.

Mit dieser stillen Niederlage kann ich nicht umgehen. Zum ersten Mal im Leben fühle ich mich nicht sicher.

»Ich finde einen Ausweg«, sage ich zu ihr, und halb glaube ich es immer noch selbst. Es gibt bestimmt ein Rezept dafür. Befolge ein paar simple Schritte, und du kannst dir deine eigene glänzende Zukunft zurechtbasteln.

»Du bist jetzt fast siebzehn, Mim. So weit hab ich dich schon mal, aber jetzt weiß ich nicht weiter. Hätte ich bloß ein Kind, das raucht und trinkt und dauernd die Beine breit macht, ein Kind, das flucht und klaut, oder eins, das sich rausschleicht und die ganze Nacht wegbleibt. Was man mit solchen Kindern machen muss, weiß ich. Aber mit dir kenne ich mich nicht aus.« Sie schüttelt den Kopf, und die Asche kullert weiter an ihr runter wie ein winziger Steppenläufer.

Sie hat recht. Sie kennt mich nicht.

Ich glaube, ich kenne mich nicht mal selbst.

6

Montage sind Gammeltage – es sei denn, du beschließt, deine Zukunft zu packen und sie so hinzubiegen, dass du mit ihr leben kannst. Ich kann nicht einfach nur darauf warten, dass endlich was passiert.

Jordan Mullen wohnt in einer neuen Siedlung, in einem großen Haus im spanischen Stil. Die Einfahrt schlängelt sich bis zur Haustür durch weiße, wie auf Bestellung blühende Rosenbüsche. Jordan hat Eltern mit richtigen Jobs und einen Hund, der auf den Schoß passt. Obwohl seine Straße nur zwanzig Gehminuten entfernt liegt, ist es hier anders: grüner, sauberer, sicherer. Ich weiß, wo er wohnt, weil ich viele Jahre lang an jedem Valentinstag eine anonyme Karte in seinen vornehmen kleinen Briefkasten gesteckt habe. Letztes Jahr habe ich damit aufgehört, weil es sinnlos und tragisch war. Bis er mir das Paket geklaut hat, hat er nie mit mir gesprochen.

Hier duftet die ganze Straße. Nicht nur ein kleines Beet wie auf unserer, wo Blumenduft fehl am Platz und schon fast unheimlich ist – als hätte irgendein Geist eine Parfümwolke hinterlassen.

Ich stehe gegenüber vom Haus der Mullens in der prallen Hitze auf der Straße. Die Einfahrt ist leer, die Fensterläden wegen der brutalen Hitze geschlossen. Ein braunweißer Terrier späht erwartungsvoll durch die Eisenstäbe einer Seitenpforte.

Ich habe meine Haare geglättet. Sie fallen dunkel und glänzend auf meinen BH-Träger, nur hinten, wo ich eine Strähne übersehen habe, kann ich noch Wellen ertasten. Zur Abwechslung trage ich mal ein komplett weißes T-Shirt und keins mit den Ramones, The Cure oder The Clash vorne drauf. Dazu Shorts und Flip-Flops, weil es so heiß ist. Eigentlich sollte ich mit Rachegelüsten hier stehen, aber ich spüre das gleiche Verlangen wie immer, wenn ich an ihn denke. Ich mache mir Sorgen um mein Aussehen. Mut kann man nicht herbeizaubern; entweder man hat ihn, oder man hat ihn nicht. Ich bin ein Feigling.

In Situationen wie diesen hilft es, wenn ich Deals mit mir selbst mache. *Wenn jetzt ein Flugzeug über mir vorbeifliegt, klopfe ich an die Tür.* Oder: *Wenn es jetzt sofort anfängt zu regnen, breche ich ins Haus ein und stehle das Paket zurück.* Genauso gut könnte ich Wetten darauf abschließen, dass Mum einen Marathon gewinnt. Die Deals dürfen zwar zu meinen Gunsten formuliert sein, aber danach gibt es kein Zurück. Ich blicke hoch und warte auf ein Zeichen, bis mir schwindlig wird. Der Himmel bleibt blau und leer.

Eine Zeitlang harre ich dort noch aus, aber weil ich aufs Klo muss, stelle ich den iPod wieder an und drücke die Ohrstöpsel zurecht. Hinter mir höre ich Schritte, ein Auto fährt vorbei. Ich drehe mich um und marschiere los, als wüsste ich genau, wo ich hinwill. Mein Blick ist gesenkt, und ich bemerke Kleinigkeiten, wie dass ich mich nicht erinnere, meine Zehennägel lila lackiert zu haben, dass es hier keine Risse im Asphalt gibt und dass fliegende Ameisen herumschwirren, was normalerweise auf Regen hindeutet.

»Hallo, Jemima.«

Ich schaue hoch. Jordans jüngere Schwester Kate in einem blauen Baumwollkleid, das sie aussehen lässt wie zehn, einen Klarinettenkoffer über der Schulter. Wir sind gleich alt, und im elften Schuljahr hatten wir ein paar Kurse gemeinsam, aber wir hatten nie wirklich was miteinander zu tun. Sie hat so was Zerbrechliches, wie eine Eisprinzessin; das gibt mir das Gefühl, laut und billig zu sein. Wir sitzen beide immer in den vorderen Reihen, sie, weil sie eine Streberin ist, und ich, weil ich so tue, als ob.

Als Jordan und Kate vor fünf Jahren an unsere Schule kamen, schien es so, als wären sie von einem anderen Stern. Kinder wie sie gehörten nicht hierher. Ihnen stand quasi auf die Stirn geschrieben, wie wohlbehütet sie aufgewachsen waren; sie brachten Lunch-Pakete von zu Hause mit, hatten Lederschuhe und Bücher mit Schutzumschlägen und passenden Etiketten. Die beiden waren entweder dazu bestimmt, zu herrschen, oder an den Rand gedrängt zu werden – dazwischen gab es nichts. Flankiert von Bewunderinnen, die ihn sehr gern an ihre Wäsche ließen, bestieg Jordan im Jahrgang über uns schnurstracks den Thron. Kate dagegen verblasste zum Nerd und übte in der Mittagspause auf ihrem Instrument. Seit Jahren beobachte ich die beiden nun schon voller Sehnsucht. Ich wollte immer wie Kate sein, die sich ihrer Sache so sicher ist. Und ich wollte Jordan, denn wenn ich mit ihm zusammen wäre, wäre ich etwas Besonderes. Aber ein Typ er wie er lässt sich auf so eine wie mich nicht ein.

Oh bittersüßes Schicksal!

»Hallo, Kate«, sage ich. »Wohnst du hier in der Gegend?«

»Ja, da vorn.«

Sie zeigt auf das Haus, und ich ziehe die Augenbrauen hoch. Wer hätte das gedacht?

»Sag mal, meinst du, ich könnte kurz eure Toilette benutzen?«, platze ich heraus. »Eigentlich sollte mich eine Freundin hier abholen, aber sie verspätet sich.« Ich trete ungeduldig von einem Bein aufs andere.

»Klar, komm mit.«

Wir überqueren die Straße und gehen die Einfahrt hoch; sie ist so lang wie unser gesamter Block.

Ich greife nach dem Klarinettenkoffer, da sie das Schloss nicht gleich aufkriegt. »Den nehm ich dir besser ab. Tut mir leid, dass ich dir so viele Umstände mache.«

»Kein Problem, ist ohnehin niemand zu Hause«, beantwortet sie die Frage, die mir unter den Nägeln brennt.

Ein Oberlicht taucht den Flur in helles, weißes Licht. Wir haben auch so was. Da, wo im Bad früher der Deckenventilator hing, klebt heute eine Plexiglasplatte. Wenn man zu heiß duscht, beschlägt sie und das Wasser tropft wie kalter Regen wieder nach unten.

»Da vorn.« Kate zeigt auf das Bad und geht weiter den Flur entlang.

Ich gehe aufs Klo und wasche mir dann an einem Becken so weiß und flach wie ein Teller die

Hände. Dabei denke ich die ganze Zeit, dass das Wasser bestimmt überläuft, aber es verschwindet wie von Zauberhand. Das Handtuch duftet nach Apfel; alles ist aufeinander abgestimmt. Der Spiegel zeigt mich ganz, nicht nur mein Gesicht. Schon locken sich wieder die ersten Haare auf meinem Kopf. Über den Sommer bin ich so braun geworden, als hätte mich jemand in Bratensauce getunkt, und meine Augen sind zu groß für mein Gesicht. Ich sehe ängstlich aus.

Ich öffne den Badezimmerschrank. Das schlechte Gewissen lässt meine Hände zittern und mein Gesicht glühen, aber ich schaue trotzdem rein. Zahnpasta, Deo mit Blumenduft, Seife. Paracetamol und eine Flasche Eukalyptusöl. Ich nehme einen Rasierer und untersuche die Stoppeln zwischen den Klingen. Jordans? Vielleicht sollte ich es mit Voodoo probieren. Die Haare sind silbergrau – also definitiv nicht von ihm. Als Nächstes schraube ich den Deckel eines Aftershaves ab, komme aber zu dem Schluss, dass es auch nicht Jordans ist. Es riecht herb würzig und irgendwie ... alt. Dann hebe ich alle frischen Handtücher im Wäscheschrank mit einer Hand ein Stück an und lasse meine andere Hand in die Lücke gleiten. Nichts als nach Apfel duftende Weichheit. Natürlich ist das Paket nicht hier. Idiot.

Kate steht in der Küche und füllt zwei Gläser mit Eiswasser. »Hier«, sagt sie. »Es ist brüllend heiß draußen. Willst du deine Freundin anrufen?«

»Sie kommt erst sehr viel später«, lüge ich. »Du hast ein schönes Zuhause.« Gott, ich klinge wie der letzte Trottel.

»Danke. Dad wollte nicht, dass wir noch länger in der Stadt aufwachsen. Wir sollten eine normale Kindheit haben, in der Vorstadt, so wie er früher. Irgendwo, wo es sicher ist.«

»Und da seid ihr hierhergekommen? Hier soll es sicher sein?«

»Mir gefällt's hier«, sagt sie mit weit aufgerissenen Augen. »Dad hat diese Siedlung geplant.«

Ups. Ich weise mit dem Kinn auf ihren Klarinettenkoffer. »Spielst du noch?«

Sie lächelt, ein kurzes, angespanntes Zucken in den Mundwinkeln. »Damit kannst du nicht einfach so aufhören, wenn deine Eltern dir schon Tausende Stunden bezahlt haben.«

»Oh.«

Sie scheint über irgendetwas nachzudenken, dann schüttelt sie den Kopf und verwirft den Gedanken.

»Was?«, dränge ich.

»Kann ich dir was zeigen?«

»Klar.«

»Du hörst doch gern Musik, oder? Ich meine, du trägst ja immer diese Punkband-T-Shirts und hast dauernd deinen iPod laufen.«

»Ja«, antworte ich. Dass die T-Shirts eine Anzahlung für Drogenschulden waren, erzähle ich ihr nicht. Oder dass ich entlegene Weltmusik und uncoole Hörbücher wie *Mein Jahr in der Provence* oder *Meine Reisen mit Herodot* höre. Ob sie überhaupt schon mal von einem Instrument wie der *Tsambouna* oder einem *Leierkasten* gehört hat?

Kate führt mich durch einen anderen Flur. Die Wände hängen voll mit diesen Porträtfotos, für die sie dich erst kostenlos zurechtmachen wie ein Model und dir dann ein Vermögen für die Bilder berechnen. Weil sie wissen, dass du weißt, dass du nie wieder so gut aussehen wirst. In der Mitte ist das Familienfoto der Mullens, es hängt schief, aber das ist auch schon das einzig Unperfekte daran. Sie lächeln alle und sind blauäugig und blond wie die Wikinger. Sie *fassen* sich *an*, so als bildeten sie das Symbol für Unendlichkeit; jeder verbindet sich mit seinem Nebenmann, indem er den Arm um seine Taille legt oder ihn mit der Hand an der Schulter oder am Knie berührt.

Als wir an einer geschlossenen Tür auf der rechten Seite vorbeigehen, komme ich in Versuchung. Wenn das Jordans Zimmer ist, trennen mich womöglich nur wenige Meter von dem Paket. Ich könnte Kate bitten, mir noch ein Glas Wasser zu holen, mir das Paket unter den Arm klemmen und wegrennen. Aber sie geht in ihr Zimmer und lächelt schüchtern. Ich kann ihr Vertrauen nicht missbrauchen, so wie ihr Bruder meins missbraucht hat.

Ich glaube, Kates Zimmer ist nicht mehr neu gemacht worden, seit sie sechs war. Sie hat eine Schaukelpferd-Tapete an den Wänden und ein Himmelbett mit einem wogenden Baldachin, wie eine Prinzessin. Lauter unschuldige Dinge: eine Babypuppe, reihenweise Stofftiere, ein Poster mit zwei Kätzchen und einem Welpen, ein Plastikwindspiel mit Schmetterlingen. Jede Menge Pink. Ich fühle mich auf angenehme Weise in eine andere Zeit versetzt. Etwa in die Zeit, als ich zum ersten Mal Zuckerwatte gegessen habe. Eigentlich sah sie ungenießbar aus, aber dann explodierte diese Süße auf meiner Zunge. Ich hatte nie so ein Zimmer.

Kate sieht mich an und wartet auf eine Reaktion. »Ich weiß schon, ist ein bisschen heftig, stimmt's?«

Sie öffnet eine weitere Tür. Ich hatte einen begehbaren Kleiderschrank dahinter vermutet, aber da ist noch ein Raum. Er ist ganz in Schwarz gehalten. Schwarze Wände, schwarzer Schreibtisch und mittendrauf ein riesiger Computer mit einem Bildschirm, so groß wie ein Kneipen-Fernseher. Und Lautsprecher und Verstärker und andere Dinge mit Lämpchen und Knöpfen.

»Kann ich dir mal was vorspielen?«

Sie stellt den Computer an. Während er hochfährt, zieht sie einen Sitzsack näher ran und klopft mit dem Fuß eine Kuhle für meinen Po hinein. So muss Alice im Wunderland sich gefühlt haben. Vollkommen verdattert, aber bereit, sich auf das Abenteuer einzulassen.

Sie schließt die Tür und macht das Licht aus. Ich sehe nur noch einen dünnen, hellen Lichtstreifen unter der Tür und Lichtbänder auf dem Bildschirm, die aussehen wie der graphische Equalizer in Matts altem Pick-up. Musik setzt ein: Bass, Streicher, Flöten. Das Stück fängt ganz simpel an, dann schichten sich immer mehr Lagen aufeinander, wobei die Ursprungsmelodie weiter präsent bleibt. Das Ganze klingt wie Club-Musik, enthält aber auch ein klassisches Element, das ich nicht richtig einordnen kann. Es erreicht seinen Höhepunkt, dann wird langsam Lage für Lage wieder ausgeblendet, bis am Ende nur noch die ursprüngliche

Melodie übrig ist. Es ist schön, und ich möchte es gleich noch mal hören.

»Wie findest du's?« Kates Stimme in der Dunkelheit.

»Toll. Spiel's noch mal, DJ.«

Ich höre sie lächeln. »Ich spiele dir eine andere Fassung vor.«

Während Kate die Musik in einer Endlosschleife laufen lässt, lehne ich mich im Sitzsack zurück und lausche. Ich bin entspannt und glücklich und fühle mich ganz high. Tief im Hinterkopf weiß ich, dass das hier nicht richtig ist und ich doch eigentlich was zu erledigen habe. Es ist fast, wie auf einer Beerdigung zu lachen. Man hat sofort ein schlechtes Gewissen.

Sie macht das Licht wieder an und verbeugt sich. Mein Blick fällt wieder auf all die Technik, dann auf ihre stolze Miene, und da fällt der Groschen.

»Das bist du? Die Klarinette?«

»Und das andere auch.« Sie zeigt auf den Computer.

Zum zweiten Mal innerhalb einer Stunde überkommt mich ein Schauder, als hätte ich eine Pille eingeworfen.

»Wahnsinn.«

»Findest du?«

»Ja, finde ich.«

»Ich komponiere gern.«

Sie sagt das, als wäre es nichts. Sie ist alles, was ich zu sein versuche, nur dass sie das gewisse Etwas hat, das sie von normalen Leuten abhebt.

»Hast du noch mehr?«

»Ja, haufenweise. Aber daran arbeite ich noch.«

»Kann ich wiederkommen? Um es mir anzuhören?« Ich bin selbst überrascht, dass ich das ernst meine.

»Ja, das wär schön.« Sie wird rot.

Sie fährt den Computer runter und wir gehen wieder in die Küche. Hier blitzt und blinkt alles, und mir ist klar, dass ich ein großer dunkler Fleck in all dem Weiß sein muss. Ein Makel. Kate schenkt uns kaltes Wasser nach und schneidet eine Zitrone auf. Dann lässt sie eine Scheibe davon in mein Glas fallen und schiebt es zu mir. Ich sehe, dass sie ihre Worte genau abwägt, bevor sie sie ausspricht.

»Ich wollte mich bei dir bedanken. Für letztes Jahr. Dass du mir geholfen hast.«

Da ich sie nicht in Verlegenheit bringen will, nicke ich nur und sage kein Wort.

»Als Todd Pearson dieses gemeine Gedicht über mich rumgeschickt hat. Du weißt schon, das über mich und meine Klarinette ...« Ihr Gesicht ist leuchtend rot. »Ich hab mich nur gefragt, wie du ihn dazu gebracht hast, sich auf die Art zu entschuldigen. Vor allen anderen.«

»Ach, das war nicht so schwer. Pearson ist ein Idiot«, tue ich es ab.

»Nein, im Ernst. Ich muss ... Ich meine, das war doch bestimmt ...«

Langsam werde ich sauer. Ich weiß auch nicht genau, warum. Sie ist so verdammt hartnäckig.

»Kate, weißt du irgendwas über meine Familie?«

»Nein. Ich meine, schon ... Nein. Ich versuche, nichts auf das zu geben, was andere sagen«, antwortet sie, aber sie weicht meinem Blick aus.

An ihrem Unbehagen erkenne ich, dass sie Bescheid weiß. Sie möchte von mir hören, dass nichts davon wahr ist. Aber damit kann ich nicht dienen. Ich balle die Fäuste und überlasse mich meinem üblichen Abwehrreflex. Ich mache den Mund auf, und die Worte fallen heraus.

»Wir sind nicht besonders nett«, sage ich. »Wir verkaufen Drogen und verleihen Geld an arme Leute, die nichts haben, und wenn sie es nicht zurückzahlen können, nehmen wir ihre Sachen und verkaufen sie. Für mehr Geld, als sie uns schulden. Und wenn sie weder Geld noch irgendwelchen Kram haben, verprügeln wir sie auch manchmal. Dafür sind wir sogar ziemlich berüchtigt. Also hat Todd Pearson sich wahrscheinlich überlegt, was seine Alternativen waren, und sich dann für die öffentliche Selbsterniedrigung entschieden, statt von uns in die Mangel genommen zu werden. Das ist alles.«

Sie könnte ein Chamäleon sein, so schnell wie ihre roten Wangen blass werden. Mit einem Mal ist sie so bleich, dass sie vor dem weißen Hintergrund kaum noch zu erkennen ist.

Ich lache, und es klingt gemein. Mir ist bewusst, dass ich die zarten Bande zwischen uns, meine einzige Verbindung zu Jordan, durch mein Verhalten sofort wieder gekappt habe. Aber deswegen bin ich doch hier, oder nicht? Wegen des Pakets?

»Jetzt weißt du's. Kann ich noch mal eure Toilette benutzen? Dann verschwinde ich auch.«

Ich warte ihre Antwort nicht ab, und sie bleibt reglos auf ihrem Hocker sitzen. Die geschlossene Tür zieht mich magisch an. Ich erwarte, dass er sie zugesperrt hat, aber sie lässt sich öffnen. Ich halte den Atem an, während die retuschierte Familie mich anstarrt. Gilt es auch als Einbruch, wenn man schon im Haus ist?

Ich sehe ein Jungs-Zimmer und Jungs-Sachen und rieche Jungs-Geruch. Das Paket sehe ich nicht. Ich schaue unters Bett und werfe einen kurzen Blick in den Schrank, nichts. Auf dem obersten Regalbrett erspähe ich, eingequetscht zwischen einer Surfer-Zeitschrift und einem Vorlesungsverzeichnis, ein vertrautes, glitzerndes rotes Rechteck. Als ich es herausziehe, kommt mir gleich der ganze Stapel entgegen. Meine Karten. Jede Einzelne davon.

Da ich nichts von mir in diesem Zimmer zurücklassen will, nehme ich sie mit. Ich renne aus dem Haus und lasse die Tür weit offen stehen.

7

Am nächsten Morgen stelle ich zum ersten Mal in meinem Leben fest, dass ich das Ende der Ferien kaum erwarten kann. In der Schule habe ich Leute, die mir sagen, was ich tun soll, die mich anleiten. Dort gibt es Stundenpläne und klare Erwartungen: Iss jetzt, schreib einen Aufsatz, seziere dies, analysiere jenes. Normalerweise bin ich schon bei der bloßen Aussicht auf einen freien Tag ganz aufgekratzt. Dann kann ich aufstehen, wann ich will, anziehen, wonach mir gerade ist, und faul rumhängen, bis irgendwas passiert.

Ich will nicht aus dem Bett. Ich bleibe ewig liegen, kann aber nicht mehr einschlafen.

Mum ist schon den zweiten Tag nicht nach Hause gekommen. Weil ihre Einkaufstaschen nicht da sind, nehme ich an, dass sie die Ramschläden durchkämmt und die klimatisierten Räume genießt. Ich bin sicher, dass sie mir aus dem Weg geht. Manchmal fühlt es sich so an, als ob wir zwar die gleiche Luft atmen, aber auf unterschiedlichen Planeten leben.

Es gibt keine Milch, also ist mein Kaffee schwarz und bitter. Kein Geräusch, also stelle ich das Radio an. Kein heißes Wasser, weil der Boiler streikt, also dusche ich mich kalt ab. Bei der Hitze wäre das an jedem anderen Tag erfrischend, aber heute nervt es mich einfach nur.

Ich nehme ein Stück Fleisch aus dem Kühlschrank. Außen sieht es knallrot aus, innen braun und tot. Es riecht ganz okay. Für ein Monster ist es gut genug.

Die Ringeltaubenjungen sind weg. Von dem Nest sind nur noch ein paar Zweiglein und weiche Flaumfedern übrig, als wäre es zerfetzt worden. Vielleicht war's der Wind. Ich frage mich, ob sie schon flügge waren und ob sie in Sicherheit sind.

Die Hundeklappe auf der Rückseite des Schuppens ist noch offen. Wenn Gargoyle weggelaufen wäre, hätte er das Stöckchen umgestoßen. Ich mache extra viel Lärm, damit er mich kommen hört.

Er sitzt aufrecht da, die Ohren gespitzt, den Schwanz angelegt. Als ich reingehe, halte ich instinktiv den Atem an, aber er ist gar nicht an mir interessiert; er will das Fleisch. An seinen Lefzen hängt Sabber, der mit einem dumpfen Platschen auf den Boden tropft. Gargoyle schluckt das Fleisch runter ohne zu kauen, und der Klumpen rutscht in einem Stück ganz langsam durch seinen Schlund nach unten. Es kommt mir vor, als würde ich einer Anakonda beim Verschlingen einer Ziege zusehen.

»Benny hat recht. Dir fehlt nichts. Geh nach Hause.«

Klopf.

Ich glaube, wir sind jetzt Freunde. Wenn ich mich neben ihn hocke, ist er größer als ich. Die Augen starr auf einen Punkt rechts neben ihm gerichtet, strecke ich die Hand mit nach innen gekrümmten Fingern aus. Sie zittert leicht. Ich spüre seinen warmen Atem, dann eine kühle Feuchtigkeit an den Fingerknöcheln.

Knurr.

Meine Hand zuckt zurück. Er ist amüsiert, und das macht mich mutiger. Ich führe meine Hand langsam oben auf seinen Kopf und lasse sie dort liegen. Er legt die Ohren an, wehrt sich aber nicht.

»Ist ja gut«, sage ich zu ihm. »Ich tu dir nichts.«

Näher wird er mich niemals an sich rankommen lassen, das ist mir klar. Er ist auf eine Art kaputt, wie ich es nicht bin. Der Knick in seinem Schwanz, die Krümmung in seinem Hinterlauf, die Kuhle in seiner Seite, wo die Rippen eingedrückt sind. Er duldet meine Hand, weil er das so entschieden hat.

Als ich sie wegnehme, entspannt er sich.

Klopf.

Ich halte ihm die Schuppentür auf. »Los jetzt. Lauf nach Hause.«

Er sieht mich an, dreht eine Hundepirouette und sinkt dann seufzend auf seine Decke.

Ich lasse ihn dort liegen und gehe ins Haus. Dann nehme ich mir einen Apfel und eine Sprühflasche mit Wasser und fläze mich auf der Veranda in einen alten Sessel, der komplett durchgesessen ist vom stundenlangen Auf-der-Veranda-Rumhängen. Die Hitze trifft mich wie ein Schlag. Hinter dem dünnen Wolkenvorhang brennt die Sonne, und die Luft liegt wie eine Decke auf meinem Gesicht. Dieser Sommer wird niemals enden. Ich sprühe mich ein, bis die Flasche leer und meine Haut gespannt und trocken ist.

Der Postbote stopft ein Bündel Umschläge in unseren Briefkasten und düst schnell weiter. Ich frage mich, ob er eine Gefahrenzulage bekommt, weil er in dieser Gegend zustellt. Weiter oben auf der Straße kleben Tarrant-Kinder *Hund entlaufen-*

Zettel an die Laternenpfähle. An dem vor unserem Haus klebt keiner. Ich bekomme Gewissensbisse. Aber nur ganz leichte.

Ich gehe die Post durch und finde einen Brief, der an unsere Nachbarin adressiert ist. M. Hale. Das Gespenst von nebenan. Ich frage mich, wofür das M steht. Sie heißt nicht wirklich Lola, aber irgendwie muss ich sie ja nennen.

Über die meisten Leute aus der Nachbarschaft weiß ich ganz gut Bescheid. Schließlich wohnen wir hier schon fast mein ganzes Leben lang. Das Haus auf der anderen Seite steht seit einem Jahr leer; an der Tür hängt ein vergilbter Zettel mit der Aufschrift »Beschlagnahmt«. Alleinerziehende Mütter und Autowracks gibt es hier zuhauf; ebenso Alte mit Gehhilfen und immer gleichen Tagesabläufen, die herumtapern wie leere Hüllen; und Familien wie unsere, deren Kinder inzwischen erwachsen und ausgezogen, aber nicht wirklich weg sind. Matt und Dill teilen sich ein Haus zwei Straßen weiter, und Mum geht immer noch dorthin, um die Wäsche zu machen und den Müll rauszubringen.

Über Benny weiß ich eine ganze Menge. Ich weiß, dass er manchmal tagelang nichts isst. Ihm fehlt ein Zch, und am Bauch hat er eine zwanzig Zentimeter lange Narbe von einer Harpune. Ich weiß auch, dass er irgendwann in den Siebzigern aus dem Norden des Landes gekommen und hier gestrandet ist. Er hatte eine Frau, aber die ist abgehauen. Er mag richtiges Bier, nimmt aber, wenn's sein muss, auch Light-Bier mit weniger Alkohol, dann muss er nur doppelt so viel trinken. Und ich weiß, dass Benny mehr ist als nur ein alter Säufer. Ich hab nämlich gesehen, dass er kranke Vögel heilen kann und dass seine Flüche in Erfüllung gehen. Zum Beispiel damals, als der alte Italiener hinter Benny die Apfelbäume von Mrs Tkautz vergiftet hat, weil er der Ansicht war, sie würden seinen Tomaten die Sonne wegnehmen: Mrs Tkautz pflückt immer noch Jahr für Jahr haufenweise herrliche Früchte, aber Mr Benetti hat keine einzige Tomate mehr geerntet, seit Benny über den Zaun gestiegen ist und auf sein Beet gepinkelt hat. Mum sagt, das mit dem Pinkeln sei ja eine nette Aktion gewesen, aber Benny hätte das nur um der Show willen gemacht. Ein böser Gedanke reicht schon aus, und der Boden wird unfruchtbar, wenn Benny es will. So geht jedenfalls die Legende.

Ich weiß, dass Mrs Tkautz es sich leisten könnte, in eine schönere Gegend zu ziehen. Sie fährt einen neuen Hyundai, ihr Portemonnaie sieht immer prall gefüllt und schwer aus, und sie ist stets gut frisiert. Ich weiß, dass sie einen Schlaganfall hatte; seitdem hängt ihr Gesicht an einer Seite schlaff runter wie ein Hemd, das vom Bügel rutscht. Ich weiß, dass sie Kinder hasst. Mich besonders.

Ich weiß, dass Mick Tarrant seine Frau und seine Kinder windelweich prügelt und ihn niemand daran hindert.

Nur über Lola weiß ich fast nichts. Wir hören ihr Telefon klingeln, vor allem nachts. Es sind vermutlich Männer, die anrufen, und wegen der Geräusche, die durch die Wand dringen, glauben wir auch zu wissen, weswegen sie anrufen. Mum hat eine Theorie: Wenn man mehr als zwei Monate neben jemandem wohnt, ohne ihm jemals offiziell begegnet zu sein, belässt man es am besten auch dabei, denn das könnte der Beginn einer wunderbaren Freundschaft sein.

Mir ist langweilig und ich bin zappelig, darum bringe ich ihr den Brief an die Tür. Ich klopfe zweimal, doch es macht niemand auf. Als ich schon wieder gehen will, höre ich Geschlurfe, und die Tür öffnet sich einen Spaltbreit. Übernächtigte Augen mit rundherum verschmierter Schminke, ein gammliger Bademantel und Männerpantoffeln. Sie hat kurze, dunkelorange Haare, die nach allen Seiten abstehen, was aber daran liegen könnte, dass sie gerade erst aufgewacht ist.

»Hallo«, sagt sie.

»Wir haben deine Post bekommen.« Ich stecke den Brief durch den Spalt.

»Oh, danke. Bist du von nebenan?«

»Ja, ich bin Mim.«

Der Spalt wird breiter. Sie schlurft weg; dabei lässt sie die Arme schlaff herunterhängen und neigt den Kopf zur Seite wie ein Zombie. »Komm rein. Gib mir eine Minute. Ich zieh mir schnell was über.«

Drinnen ist es dunkel und so warm, dass ich Angst habe, in Ohnmacht zu fallen. Es riecht muffig, wie Sachen, die zu lange in der Waschmaschine geblieben sind, und neben der Tür hockt ein fetter Buddha.

Lola kommt in einem Tanktop und Shorts zurück, die aussehen wie eine Unterhose. Als sie die Jalousie hochzieht, kneife ich die Augen zu.

»Auf welcher Seite wohnst du denn, Kim?«

»Mim. Ich wohne in der anderen Haushälfte.«

»Oh. Fuck!« Ich sehe, wie es in ihr arbeitet. Sie fragt sich, ob wir sie schreien, stöhnen, betteln hören.

Ja. Ja. Ja.

»Wie heißt du?«, frage ich. L.O.L.A.

»Melinda. Tut mir leid, ich bin noch nicht ganz da. Ich arbeite nachts.« Sie zündet sich eine Zigarette an.

»Was arbeitest du denn?« Ich beiße mir auf die Wange.

»Einfach Nachtarbeit. Wie alt bist du eigentlich?«

»Fast siebzehn.«

»Siehst aber jünger aus. Ich werde in ein paar Monaten achtzehn.«

Ich komme mir grausam und gemein vor. Sie sieht viel älter aus. Ich dachte, sie wäre schon fünfundzwanzig.

»Setz dich. Möchtest du was trinken?«

»Nee, danke. Ich gehe besser wieder.«

»Ach, komm. Ich kann eh nicht wieder einschlafen.« Sie geht in die Küche und kommt mit zwei kleinen Limonadenflaschen zurück.

Weil ich am Verdursten bin, trinke ich hastig – und verschlucke mich fast. Das ist gar keine Limo, das ist ein Wodka-Cruiser oder irgendwas anderes Durchsichtiges, das genauso mörderisch ist. Die Luftblasen zischen durch meine Kehle und platzen; ich hole japsend Luft.

Lola lacht über meinen Gesichtsausdruck und stößt mit ihrer Flasche gegen meine. »Hey, es ist gleich fünf.«

»Ich trinke normalerweise keinen Alkohol«, sage ich.

»Echt nicht? Sag mal, hast du mal was von einem Spanner hier in der Nachbarschaft gehört?«

»Was ist denn ein Spanner?«

»Ein Perverser. Einer, der gern bei andern durchs Fenster glotzt.«

Fast hätte ich mich umgedreht und über meine Schulter gespuckt. Ein Reflex. Mum macht das immer, um böse Geister abzuwehren.

»Nein, wieso?«

Ihre Augen fliegen nach links und nach rechts. Sie knibbelt an einem Fingernagel. »Ich will keinen Ärger«, sagt sie. »Ich hab die Wohnung gerade erst bekommen und kann nirgendwo anders hin.«

»Ich sag nichts.«

Sie drückt ihre Zigarette aus und steckt sich die nächste an.

»Vor ungefähr einer Woche saß ich hier und dachte, ich hätte draußen was gehört. Also hab ich alle Lichter ausgemacht und gewartet.« Sie lacht. »Ich hab eins von den großen Messern genommen, weißt du, so.« Sie sticht mit ihrem imaginären Messer durch die Luft wie in einem Horrorfilm. »Danach hab ich mich eine Weile aufs Sofa gesetzt, und plötzlich taucht dieses Gesicht am Fenster auf, und ein Typ glotzt rein. Dann geht er zum Schlafzimmerfenster, und ich höre ein Kratzen. Also hab ich schnell alle Lichter wieder angemacht, mir das Telefon geschnappt und so getan, als würde ich die Polizei rufen. Daraufhin ist er verschwunden.«

»Hast du sein Gesicht gesehen?«, frage ich. Mich schaudert es schon beim bloßen Gedanken daran.

»Nein, nicht richtig, nicht von nahem. Es war ja dunkel draußen, aber ich glaube nicht, dass ich ihn vorher schon mal gesehen hatte. Hoffentlich kommt er nicht wieder. Mann, hier gibt's vielleicht komische Leute.«

»Wem sagst du das«, erwidere ich.

»Die da drüben zum Beispiel. Die mit dem großen Hund. Ich muss immer die Straßenseite wechseln, wenn ich da vorbeigehe, weil der Köter dauernd auf einen losgeht. Und wenn man denkt, gleich hat er dich, ist die Kette zu Ende und er ...« Sie macht ein gurgelndes Geräusch.

»Manchmal ist er auch nicht angekettet. Aber auf die andere Straßenseite kommt er nicht.«

»Ich hasse große Hunde. Die machen mir jedes Mal eine Scheißangst.«

»Du solltest bei der Polizei anrufen. Wegen diesem Perversen«, sage ich, obwohl meine Erfahrung eigentlich etwas anderes sagt.

»Würde ich ja gern, aber ich wohne hier nur zur Untermiete. Der Typ, der mir die Wohnung besorgt hat, hat gesagt, keine Polizei, kein Vermieter, sonst fliege ich raus und er verliert seinen Mietvertrag.« Sie sieht mich flehend an mit ihren verschmierten Augen. »Ich bin noch minderjährig. Bitte sag es keinem. Ich kann nirgendwo anders hin.«

»Ich sag nichts. Versprochen«, antworte ich.

Sie hakt ihren kleinen Finger um meinen und schüttelt unsere Hände. Einen Moment lang erinnert mich das an die Kleinmädchenversprechen, die Tahnee und ich uns früher auf dem Spielplatz gegeben haben, und daran, dass sie immer jemanden braucht, der auf sie aufpasst, obwohl sie nach außen so stark wirkt. Wenn Lola das macht, was ich glaube – nämlich für Geld mit fremden Männern schlafen –, möchte ich sie einfach nur in den Arm nehmen. Und sie mit nach Hause zu Mum schleifen. Sie weiß, was man mit einem Kind macht, das raucht und flucht und dauernd die Beine breit macht.

»Du kannst mich jederzeit anrufen«, biete ich ihr an. »Ich gebe dir meine Nummer, und wenn irgendwas ist, rufst du mich an. Wir sind gleich nebenan.« Als könnten wir ohne Matt und Dill viel ausrichten. Eine dicke Frau mittleren Alters und ein spindeldürrer Feigling.

Aber sie sagt: »Meinst du das ernst? Oh Mann, seit das passiert ist, kriege ich kein Auge mehr zu. Das wär toll. Danke.«

Ich gebe ihr meine Handynummer, und sie schreibt sie mit wasserfestem schwarzem Filzstift an ihre Kühlschrankwand. Direkt daneben schreibt sie *Meine andere Hälfte* in ein großes Herz mit Augen und grinsenden Pausbacken.

8

Als ich nach Hause komme, sitzt Tahnee auf der Treppe.

»Ich hab schon zig Mal bei dir angerufen. Wo ist dein Telefon? Wo warst du?« Sie zieht die Augenbrauen zusammen und sticht mit ihrem Handy durch die Luft, als malte sie ein Ausrufezeichen. Tahnee ist hübsch, aber weil ich sie so oft sehe, vergesse ich es immer, bis ich durch einen Kommentar von jemand anderem wieder daran erinnert werde.

»Ich war nebenan.« Ich bücke mich und flüstere ihr ins Ohr: »Ich hab Lola kennengelernt. Eigentlich heißt sie Melinda, aber ich finde, Lola passt besser zu ihr.«

»Die ...«, sie unterbricht sich und kichert. »Ja, ja, JA!«

»Psssst!«, zische ich und zerre sie am Ellenbogen ins Haus.

»Wie ist sie denn so?«

»Sie sieht nicht aus wie eine Nutte, wenn du das meinst. Sie ist noch total jung, erst siebzehn.«

»Oh mein Gott.«

»Eben. Und nett war sie auch.« Ich bin in Versuchung, ihr mehr zu erzählen, aber ich habe versprochen, nichts weiterzusagen.

»Wo ist deine Mum?«

»Keine Ahnung. Vielleicht shoppen. Du weißt doch, wie sie ist, wenn sie in Kauflaune ist. Ich nehme an, sie übernachtet auch da. Im Moment ist sie sowieso ziemlich schlecht auf mich zu sprechen.«

»Gut. Ich meine, gut, dass sie nicht hier ist, nicht gut, dass sie nicht gut auf dich zu sprechen ist. Was hast du denn ausgefressen, Miss Perfect?«

»Nichts.«

»Oh mein Gott, du hast doch wohl nicht eine von deinen Regeln gebrochen?«

»Nein, jedenfalls keine von den wichtigen«, antworte ich grinsend. »Außerdem hat Mum keine Ahnung davon, dass es die Regeln überhaupt gibt. Wie du weißt.«

»Ja, ja. In ihren Augen bist du wahrscheinlich ein Freak. Völlig aus der Art geschlagen. Vielleicht haben sie dich ja als Baby im Krankenhaus vertauscht.«

»Ha, ha.«

Tahnee findet meine Regeln zum Schreien. Sie will ganz im Augenblick leben, im Hier und Jetzt, weil es ein Morgen vielleicht gar nicht gibt und das Gestern ohnehin vorbei ist. Also, mach was draus, Baby, carpe diem, sammle den Nektar des Lebens und zerbrich dir über irgendwelchen Scheiß erst dann den Kopf, wenn er passiert. Das ist ihr Motto.

Heute würde ich gern auch so denken. Ich bekomme das Paket sowieso nie zurück. Inzwischen sind die Tabletten bestimmt längst in Tütchen abgepackt und unters Volk gebracht worden. Ich möchte die Unausweichlichkeit der Situation auskosten, so wie in einer Prüfung, wenn einem die Zeit wegrennt. Da ich eh nichts mehr tun kann, sollte ich es einfach laufen lassen.

»Wo ist Ryan?«, frage ich sie.

Richtige Frage. Ihre Augen leuchten, ihre Hände flattern.

»Arbeiten. Er holt mich um sieben ab, und wir fahren raus in den Wald. Da werden vor allem die Jungs sein. Wir machen ein Feuer und feiern ein bisschen. Wir holen dich ab.«

»An einem Dienstag?«

»Wir haben Ferien, Mim.«

»Okay, in Ordnung«, sage ich, ohne weiter darüber nachzudenken.

Tahnee durchstöbert erst den Kühlschrank und nimmt sich dann den Küchenschrank vor. Sie bewegt sich hier mit einer solchen Sicherheit, dass ihre Finger blind herumtasten, während sie zu mir hinguckt. Sie liest die Verpackungen wie Blindenschrift; erst nimmt sie eine Packung Kekse, dann überlegt sie es sich noch mal und greift stattdessen nach einer Tüte Chips.

Wir setzen uns an den Küchentisch und teilen sie uns.

»Bist du noch in Jordan Mullen verliebt?«, fragt sie aus heiterem Himmel.

»Ich werde ihn immer lieben«, sage ich, ohne eine Miene zu verziehen. *Ich hasse ihn.*

»Wenn du was willst, musst du dein Glück selbst in die Hand nehmen. Du hast noch nie mit ihm gesprochen. Wie soll er wissen, dass du auf ihn stehst, wenn du's ihm nicht sagst?« Sie leckt sich das Salz von den Fingern und greift dann wieder zu. Angewidert schiebe ich die Tüte zu ihr hin.

»Ich hab ihm Valentinskarten geschickt und ihn jedes Mal angeschmachtet, wenn er in der Schule an mir vorbeikam. Meinst du nicht, er müsste es inzwischen geschnallt haben?«, frage ich.

»Das zählt nicht. Woher soll er denn wissen, dass die Karten von dir waren?«

Ich seufze. »Was ist eigentlich Liebe, Tahnee? Ich meine, mal im Ernst. Ich kenne diesen Typen nicht mal. Ihn heimlich toll zu finden war nur so eine Art Zeitvertreib für mich.«

»Mach dir doch nichts vor. Weißt du, was ich glaube?« Sie sieht mich mit hochgezogenen Augenbrauen an. »Ich glaube, du hast dir Jordan ausgesucht, weil du genau weißt, dass er unerreichbar für dich ist; so kann er nämlich auch deine blöden Regeln nicht in Gefahr bringen. Du unternimmst keinen Versuch, weil du ohnehin keine Chance hast.«

Ich möchte ihr alles erzählen. Von dem Paket und meinem Fahrrad und von der Art, wie er mich angesehen hat. Von den Valentinskarten in seinem Schrank und dem Geruch in seinem Zimmer. Ich möchte ihr erzählen, dass ich meinen Kopf am liebsten auf sein Kissen gelegt hätte, statt es ihm heimzuzahlen, indem ich es aufschlitze. Und dass ich mit seiner Gleichgültigkeit umgehen konnte, weil sie sich so angefühlt hat, als könnte zwischen uns wenigstens theoretisch was passieren. Zurückweisung fühlt sich so endgültig an, und so falsch.

»Vielleicht ist es mir lieber, mir etwas nur vorzustellen, als es wirklich zu tun.«

»Ach was«, sagt sie und droht mir mit ihrem Krallen-Finger. »Red dir nichts ein. Das sagst du nur, weil du noch keine Erfahrung hast.«

Ich verdrehe die Augen.

»Also, ich muss jetzt los, mich fertig machen.«

Ich schaue auf die Uhr. »Es ist erst drei.«

»Ich weiß, aber wenn ich mich nicht ranhalte, werde ich nicht pünktlich fertig. Ich bin nur vorbeigekommen, um dir das hier zu bringen.« Sie öffnet ihre Tasche, zieht etwas Weißes daraus hervor und entfaltet ein tief ausgeschnittenes, kurzes Kleid, das sie über die Rückenlehne eines Stuhls drapiert. »Vertrau mir. Zieh das an. Wenn ich zurückkomme und du trägst ein T-Shirt ... schreie ich!«

Ich salutiere, und sie geht, ohne sich zu verabschieden, wie sie es immer macht.

Warum ich ihr nichts erzähle, weiß ich auch nicht genau. Noch vor einer Woche wusste Tahnee alles, was es über mich zu wissen gab. Die Sache ist mir zwar peinlich, aber das ist es nicht. Vielleicht, weil das alles erst wahr wird, wenn ich es erzähle. Das Verleugnen gibt mir Sicherheit.

Ich probiere das Kleid an, öffne die Schranktür und überprüfe, wie der obere Teil aussieht, dann stelle ich mich aufs Bett, um zu sehen, wie es untenrum ist. Mum kneift mir immer in die Rippen und sagt, ich sei zu dürr, aber Tahnees Kleid liegt eng an. In dem weiten Rock sehe ich sogar aus, als hätte ich so etwas wie Hüften.

Als wir letzte Woche abends zusammen unterwegs waren, habe ich mich die ganze Zeit an einem Wodka festgehalten, den ich nur bestellt hatte, um nicht negativ aufzufallen. Dabei habe ich so getan, als würde ich ihn trinken und mich amüsieren. Tahnee hatte in Sachen Jungfräulichkeit den nationalen Notstand erklärt und klebte die ganze Zeit an Ryan wie eine Wespe an einem Stück Zucker. Ich wusste, dass *es* irgendwann mal passieren würde, aber sie sind erst seit einem Monat zusammen.

Ich fühle mich ganz leer, wenn ich an all das denke. Bis Samstag war nur eine von meinen Regeln nicht in Stein gemeißelt; es gab nur eine, die ich, ohne zu zögern, über Bord geworfen hätte. Ich konnte die Schule jeden Tag durchstehen, weil ich wusste, dass er jede Sekunde um eine Ecke biegen und mir entgegenkommen konnte, dass ich in der Mittagspause in seiner Nähe sitzen oder in der Schulkantine hinter ihm stehen konnte. Ich glaube, ich bin ein Vorfreude-Junkie, süchtig danach, mir Dinge auszumalen. Mir reicht es, wenn jeden Moment etwas passieren *könnte*. Wenn Sex Teil der Abmachung wäre, würde ich mich wahrscheinlich drauf einlassen. Wenn das die Bedingung dafür wäre, dass er ganz mir gehört.

Ich schiebe eine Tiefkühlpizza in den Ofen, stelle den Küchenwecker und mache eine Dose auf. Limonade rinnt von meinem Kinn auf das weiße Kleid. Na super. Tahnee wird ausrasten.

Während ich an dem Kleid rumwische, klopft es an der Tür.

Ich spähe durch den Spion. Kate Mullen. Ihr Kopf sieht durch die Fischaugenlinse riesengroß aus, wie bei diesen Hunden, die sie manchmal vorn auf Geburtstagskarten drucken. Ich atme aus. Als ich mich im Wohnzimmer umsehe, fallen mir Dinge auf, die ich sonst nicht wahrnehme: das durchgesessene Sofa, der fleckige Teppich, die bunt zusammengewürfelten Möbel und das Durcheinander, das um sich greift wie giftiges Unkraut. Es scheint Ewigkeiten her zu sein, dass ich in der

Küche der Mullens gestanden und Eiswasser mit einer Scheibe Zitrone getrunken habe; aber nicht lange genug, um den Unterschied zwischen ihrem Haus und diesem nicht zu sehen.

Ich weiß auch nicht, warum ich aufmache. Vielleicht weil ich Dingen, die aus dem Rahmen des Üblichen fallen, nicht widerstehen kann. Es braucht schon einigen Mut, um hierherzukommen. Kate Mullen hat in der Schule kaum mal die Hand gehoben, aber sie hat es durch die King Street bis hierher geschafft; da ist es doch das Mindeste, dass ich ihr ein Glas Leitungswasser anbiete.

Ich öffne die Eingangstür. »Hallo, Kate.«

Sie späht durch das dunkle Gitter, und mir wird klar, dass ich zwar nach draußen, sie aber nicht ins Haus schauen kann. Sie sieht nervös aus.

»Dann hab ich ja das richtige Haus erwischt. Ich war mir nicht sicher, wo du wohnst, und musste meinen Bruder fragen.«

Tausend Fragen rasen durch meinen Kopf, aber ich stelle keine einzige. Eine Million Schmetterlinge flattern durch meinen Bauch; irgendwie schaffe ich es trotzdem, die Fliegengittertür zu öffnen, und trete zur Seite, um sie reinzulassen. Am liebsten würde ich sie an einen Stuhl fesseln und durch mittelalterliche Foltermethoden zum Reden bringen, doch ich glaube nicht, dass sie die Antworten hat, die ich brauche.

Ihr Blick schweift umher, ohne dass sie den Kopf bewegt. Ich erwarte ein Urteil, oder Mitleid, aber ihr Gesicht ist eine Maske gelassener Höflichkeit.

»Was zu trinken?«, biete ich an.

»Ja, bitte.«

Es kommt mir so vor, als ob wir Verstecken spielen. Sie ist aus einem bestimmten Grund gekommen, und mir wäre am liebsten, sie würde gleich zur Sache kommen und dann verschwinden, damit ich aufhören kann, mich zu schämen. Aber sie nimmt das Angebot an und folgt mir in die Küche, wo das Geschirr von gestern zu einem schiefen Turm aufgestapelt ist und der Müll einen Komposthaufen bildet.

Ich reiche ihr eine Dose Limo. Da ich das Schweigen satthabe, wage ich einen Vorstoß. »Lass mich raten. Du warst gerade in der Gegend.«

Sie verzieht den Mund zu einem schiefen Lächeln. »Nein, eigentlich nicht. Ich hab ein schlechtes Gewissen wegen gestern. Es war nicht nett von mir, dich so mit Fragen zu löchern. Du hast mir einen großen Gefallen getan, und ich war unhöflich zu dir.«

»Nein, warst du nicht. Ich bin nur ein bisschen empfindlich, was meine Familie angeht, das ist alles.«

»Meine Familie ist auch nicht perfekt, Jemima.«

»Oh Gott, nenn mich nicht so. Ich hasse den Namen. Sag einfach Mim.«

»Okay, Mim. Ich mag deinen Namen. Er ist ungewöhnlich. Ich hätte lieber einen anderen.« Sie geht zur Hintertür und hält ihr Gesicht in die warme Brise. »Ist das ein Zug?«

Es ist ein Fernzug mit Hunderten von Wagen. Eine geschlagene Minute vibrieren die Scheiben, und der Zug stößt schwarzen Rauch aus, der dann in unserem Garten steht. Ich bin so an diese Züge gewöhnt, dass ich sie gar nicht mehr höre, außer wenn ich versuche einzuschlafen oder kurz vorm Aufwachen bin.

»Komm, wir gehen in mein Zimmer. Da ist es kühler. Möchtest du auch Pizza?« Ich stelle sie, in Stücke geschnitten, auf ein Tablett. Dabei versuche ich fieberhaft, mich zu erinnern, ob ich mein Bett gemacht und meine schmutzige Wäsche in den Korb geworfen habe. Beides ist eher unwahrscheinlich.

Als Kate mein Zimmer sieht, macht sie große Augen.

Wieder etwas, das mir gar nicht mehr auffällt: Mum nutzt jede Ecke des Hauses zum Horten ihrer Impulskäufe. Der Großteil meines Zimmers sieht aus wie ein Gebrauchtwarenlager. Überall stecken Sachen in Kisten oder in Tüten; nutzlose Dinge, die sie vergisst, sobald sie hier sind, weil es allein der Moment des Kaufens ist, der ihr den Kick gibt. Mixer, Saftpressen, Toaster, sogar eine Mikrowelle. Kleider, an denen noch die Preisschilder hängen, Ostereier, Weihnachtsdekoration und Kinderspielzeug. Und Puppen, dreißig oder vierzig Stück, mit leeren Augen und leichenblassen Gesichtern. Nach allem, was ich ihr schon über meine Familie erzählt habe, muss Kate denken, dass wir als Nebenerwerb noch Hehlerware verticken.

In der einzigen Ecke, die wirklich nur mir gehört, stehen mein Bett, ein dreibeiniger Nachttisch und eine Frisierkommode mit einem Rahmen ohne Spiegel. Ich benutze noch immer den Bettüberwurf mit dem Eiffelturm, den ich zu meinem elften Geburtstag bekommen habe, und eine Original-Lavalampe, die Mum schon als Teenie hatte. Ein Globus, in dem ein Bratspieß steckt, hängt an einer Angelschnur über meinem Bett. Die Zimmerecke gegenüber ist leer, aber dort prangt ein schwarzer Rußfleck, der sich wie ein Geist bis zur Decke erstreckt. Er stammt aus der Nacht, in der Tahnee und ich nach einer Party den Toaster abgefackelt haben. Nur mein hohes Bücherregal steht neu und kerzengerade da, alles im rechten Winkel, jedes Buch an seinem Platz. Abgesehen davon gibt es hier kaum persönliche Gegenstände, die Hinweise darauf liefern würden, wer hier wohnt.

»Ich weiß schon, ist ein bisschen heftig, stimmt's?«

Kate lacht. Es kommt direkt aus ihrem Bauch und sie kriegt sich überhaupt nicht mehr ein. Sie setzt sich auf mein Bett und hält sich die Seite. Dabei kneift sie die Augen zu und die Beine zusammen, und ich fürchte, dass sie nie mehr damit aufhören kann.

Ich starre sie an. »Bist du betrunken?« Übergeschnappt trifft es wohl eher.

Sie schüttelt den Kopf und lacht weiter. »Oh Gott«, sagt sie und wischt sich mit dem Handrücken die Tränen aus dem Gesicht.

Es war ein Fehler, sie ins Haus zu lassen. Mein Gesicht wird glühend heiß, und ich verschränke die Arme vor der Brust. Ich hätte die Tür nicht aufmachen sollen.

»Tut mir leid. Aber ich ...« Ihr Lachen bricht ab. »Ich finde einfach, wir haben eine Menge Gemeinsamkeiten, das ist alles.« Sie nimmt sich ein Stück Pizza und kaut es mit der Hand vor dem Mund.

»Zum Beispiel?«

»Zum Beispiel, dass wir beide irgendwo festhängen, wo alles genau hinpasst, außer wir selbst. Ich hätte gedacht, dass du ein Zimmer hast, das mehr so ist wie ... du.«

»Wie ich.«

»Ja. Du weißt schon, ein bisschen rockiger. Frecher. Ein bisschen ... selbstbewusster.«

»Du hast ein völlig falsches Bild von mir.« Ich schüttle den Kopf.

»Kann schon sein. Aber du machst immer so einen durchorganisierten Eindruck. Ich meine, in der Schule bist du quasi unantastbar.«

Jetzt muss ich lachen. Seit Jahren verstecke ich mich hinter Matts und Dills Ruf. In gewisser Weise habe ich diese Schule, in der es ganz schön rau zugeht, unbeschadet überstanden. Selbst Tahnee hat es mühelos durch ihre Schulzeit geschafft, obwohl sie mit weichen Knien, einer Zahnspange und einer Trichterbrust an den Start gegangen ist. Dass sie zu mir gehört, hat sie geschützt.

»Sieh mal einer an!« Sie fährt mit einem fettigen Finger über die Rücken meiner Bücher. »Shakespeare, Hardy, Chaucer, Ibsen. Du bist ja eine heimliche Leseratte«, sagt sie vorwurfsvoll.

»Die hab ich aus der Bibliothek geklaut«, lüge ich mit dem Mund voller Pizza.

»Hast du nicht.« Kate nimmt meine Lavalampe und zwinkert mir durch die rote Flüssigkeit zu. »Wozu ist die denn gut?« Sie kippt sie zur Seite, und ein paar Stücke kaltes Wachs schweben an die Oberfläche.

»Sie funktioniert nicht«, sage ich. »Hat noch nie richtig funktioniert.«

Sie schüttelt die Lampe wie eine Schneekugel,

bis es innen drin metallisch klickt. »Ups! Entschuldigung. Jetzt hab ich sie kaputt gemacht.«

»Sie war schon kaputt«, erinnere ich sie. Ich nehme ihr die Lampe ab und stelle sie zurück auf den Nachttisch. »Kann ich dich mal was fragen?«

»Schieß los.« Sie setzt sich im Schneidersitz auf mein Bett.

»Du könntest doch auf eine bessere Schule gehen. Sieht jedenfalls so aus, als ob deine Eltern sich das leisten könnten. Warum stecken sie dich dann in dieses Loch?«

»Mein Vater findet, dass ich auf eine staatliche Schule gehen sollte, weil er es auch getan hat und damit ganz gut gefahren ist. Er legt großen Wert darauf, dass man lernt, sich gegen Widerstände durchzusetzen.«

»Ganz schön krass.«

»Ja. Das war zumindest seine Theorie, bis Jordan durchgedreht ist. Jetzt überdenkt er das Ganze noch mal.«

Plötzlich rauscht mir das Blut in den Ohren.

»Durchgedreht? Wie meinst du das?«

»Na ja, Jordan hat sein Studium erst mal aufgeschoben und läuft mit einem Typen namens Brant Welles durch die Gegend. Nach Hause kommt er nicht mehr so oft. Mum flippt total aus, und ich stehe jetzt unter ständiger Beobachtung.«

Ich kenne Brant Welles. Er hat früher mit den Jungs rumgehangen, bis er sie übers Ohr gehauen hat und sie ihm eine Lektion erteilen mussten. Vielleicht hat er jetzt Oberwasser, weil die Jungs im Gefängnis sitzen. Das wäre ihm durchaus zuzutrauen. Er könnte von der Übergabe gewusst haben. Wahrscheinlich hat er Jordan erzählt, wo ich wohne.

»Kennst du meinen Bruder? Er war auch auf unserer Schule.«

»Hab von ihm gehört.« Das ist fast die Wahrheit.

»Mir passt es gar nicht, dass er plötzlich verrücktspielt, ich hatte nämlich das Gleiche vor. Schau mal.«

Sie zieht ein Blatt aus ihrer Tasche und faltet es auseinander. Das Papier ist schon ganz weich und die Falten pelzig, und ich frage mich, wie häufig sie es sich wohl schon angeguckt hat.

»Was ist das?«

»Ein Motiv. Das ist ein Violinschlüssel, aber in so 'nem keltischen Stil. Ich will mir ein Tattoo machen lassen. Wie findest du's?«

Ich betrachte sie in ihren knielangen Shorts. Kates Hose hat vorn eine Bügelfalte, weil sie jemanden hat, der sich liebevoll um ihre Wäsche kümmert. Sie trägt einen Pferdeschwanz, Herrgott noch mal. Und hat nicht ein einziges Piercing. Ich wette, sie hat ein Foto von ihren Eltern im Portemonnaie.

»Wenn du wirklich vorhast, über die Stränge zu schlagen, brauchst du was weniger Braves als einen Violinschlüssel.«

Sie sackt in sich zusammen und tut mir sofort leid. Sie steckt das Blatt wieder weg.

»Hey. Gib mir mal dein Portemonnaie.«

Sie macht große Augen, reicht es mir aber.

»Entspann dich. Ich will dich nicht ausrauben.« Ich gehe die einzelnen Fächer durch, aber außer einem Bibliotheksausweis, ein paar Quittungen, einem Zwanzigdollarschein und der Fotokopie ist nichts drin. Kein Foto von ihren Eltern. Ich gebe es zurück.

»Okay.«

»Okay was?«

»Ich bringe dich hin. Du wärst zur Ink Inc. gegangen, hab ich recht? Diesem Laden neben der Pizzeria. Die haben da ganz miese Nadeln, und ein schmuddeliger, nach Achselschweiß stinkender alter Biker tatscht mehr an dir rum, als nötig wäre. Ich bringe dich zu einem besseren Laden.«

Sie sieht mich schockiert an, und ich weiß, dass ich den Nagel auf den Kopf getroffen habe. Auf ihrem Gesicht breitet sich ganz langsam ein unsicheres Grinsen aus. »Wirklich? Du gehst mit mir dahin? Wann?«

Ja, das werde ich tun. Wenn ich mit Kate abhänge, bringt mich das vielleicht einen Schritt näher da hin, wo ich hinwill. Näher zu Jordan? Näher zu meinem Paket? Wenn ich nur wüsste, was ich mehr will.

»Ich komme morgen um elf bei dir vorbei.«

Ich begleite Kate ein, zwei Blocks, um sicherzugehen, dass ihr nichts passiert. Nur, um meine Interessen zu schützen. Als ich zurückkomme, ist Mum da. Ihre Taschen liegen neben der Tür, leer.

»Wo warst du? Ich hab dich seit Tagen nicht gesehen. Ich hab mir Sorgen gemacht«, sage ich.

»Tatsächlich?«, fragt sie. Eine ihrer Augenbrauen ist hochgezogen wie ein Flügel im Flug. »Hast du dir wirklich Sorgen gemacht, Mim? Du willst mir doch nicht etwa sagen, du hättest mich vermisst?«

»Natürlich«, lüge ich. In Wahrheit kann ich freier atmen, wenn sie nicht da ist.

9

Ich habe das halbe Versprechen vergessen, das ich Tahnee gegeben hatte, und bin nicht fertig, als sie kommt. Ryans Wagen steht im Leerlauf in der Einfahrt, bis Mum ihm zuruft, dass er den Motor ausmachen soll, weil er den Empfang stört.

Tahnee wartet, die Hände in die Hüften gestemmt, während ich versuche, das Kleid zuzumachen. Nach der halben Pizza und der Limo ist es noch enger. Sie schnalzt abfällig mit der Zunge und mokiert sich darüber, wie meine Haare aussehen.

»Jetzt kannst du sie nicht mehr glätten. Das hättest du seit drei Uhr machen können. Hier, trag ein bisschen Lippenstift auf. Was hast du denn die ganze Zeit gemacht?«

Ich erzähle ihr nicht von Kate. Sie würde es nicht verstehen. Eigentlich will ich gar nicht ausgehen. Ich muss Gargoyle füttern, aber ich kann unmöglich in den Schuppen verschwinden, ohne dass sie mir nachläuft. Der Schuppen macht Tahnee immer neugierig, so als erwarte sie, dass dort emsige, ernst dreinschauende Männer in weißen Kitteln ein kleines Labor betreiben. Sie weiß alles, aber sie vermutet immer mehr dahinter.

»Beeil dich, Ryan wartet. Und wag es ja nicht, die Flip-Flops anzuziehen.«

»Ich hab aber nichts anderes. Flip-Flops und Sneakers, das war's. Das weißt du doch.«

»Wenn du aussehen willst, als wolltest du zum Strand – bitte.«

»Meine Güte, wir gehen nicht zur Oscar-Verleihung, das ist ein Lagerfeuer! Wir trinken Bier mit einem Haufen Jungs, die rumstehen und vergleichen, wer das größere Auspuffrohr hat.«

Ich liebe unser hirnloses Geplänkel. Höflichkeiten, wie man sie mit neuen Freunden austauscht, haben wir längst hinter uns gelassen.

»Okay, vergiss es. Aber du wirst dir noch wünschen, du hättest dir mehr Mühe gegeben.«

»Und du wirst dir noch wünschen, du hättest mir dieses Kleid nicht geliehen. Nämlich dann, wenn die Naht aufplatzt.«

»Halt die Luft an und setz dich nicht hin«, sagt sie.

»Wird spät heute«, rufe ich Mum zu, aber sie antwortet nicht. Es kümmert sie ohnehin nicht. Sie sagt mir häufig genug, ich soll mich mal gehen lassen. Normal sein.

Aus mehreren Gründen versuche ich zu verhindern, dass mein Hintern den Rücksitz von Ryans Wagen berührt: Erstens kann ich mich wegen des Kleids nicht richtig hinsetzen, und zweitens haben sie es hier getan. Ryan ist zwar ganz in Ordnung, aber er ist schon rumgekommen. Er ist zwanzig, sieht gut aus und fährt einen heißen Schlitten. Da kann mir keiner erzählen, dass dieses blaue, fluoreszierende Zeug von der Spurensicherung hier nicht jede Menge DNA ans Licht bringen würde.

Der Wagen hat Einzelsitze, aber Tahnee quetscht sich trotzdem so in die Mitte, dass sie mit einer Pobacke auf der Konsole sitzt. Sie lacht über alles, was er sagt, und er nimmt seine Hand nur von ihrem Oberschenkel, um zu schalten. Tahnee erlaubt ihm, seine Finger zwischen ihre Beine zu schieben, und klemmt sie dort ein. Der Motor heult im dritten Gang.

Sie benehmen sich, als wäre ich gar nicht da. Ich starre aus dem Fenster.

Als wir im Park ankommen, brennt das Lagerfeuer schon. Offene Feuer sind heute eigentlich streng verboten, die Flammen sind viel zu hoch und weithin sichtbar, aber die Pyromanen legen immer noch Zweige nach. Es sind nur zwei, drei andere Mädchen da. Sie sind angezogen wie für eine Cocktailparty, und ich spüre erst ihre prüfenden Blicke, dann, dass sie mich nicht ernst nehmen. Ein Typ aus der Schule namens Cody Ellis zerrt eine halbe Kiefer zu der Feuerstelle. Als er sie auf die Flammen hebt, brennen die Nadeln sofort wie Zunder. Die Funken steigen in die Luft und regnen auf die Mädchen herab. Sie kreischen laut und bedecken ihre Haare.

Tahnee stupst mich an. »Wie wär's denn mit Cody? Scharfer Typ.«

Ich lache, und sie guckt gequält.

»Oh ja, sicher«, sage ich und schlage mir mit der Faust auf die Brust. »Ich bin Cody Ellis, der Überbringer des Feuers. Fehlt nur noch der Lendenschurz. Zusammengewachsene Augenbrauen hat er schon.«

Tahnee lächelt, aber nicht mit den Augen.

Ich hatte recht. Die Jungs stolzieren hauptsächlich um ihre Autos herum, treten gegen Reifen, öffnen Motorhauben, ziehen Ölmessstäbe heraus und trinken Bier.

Ein Kreis aus Baumstämmen umgibt das Feuer.

Auf einem Spieltisch liegen offene Marshmallow- und Chipstüten. Das Ganze erinnert mich an ein Zeltlager mit der Schule, nur dass ich hier kaum jemanden kenne. Einige Gesichter kommen mir bekannt vor, aber ich bezweifle, dass ich mich jemals mit einem von den anderen unterhalten habe. Letztes Jahr sind zwei von meinen Freundinnen, Peta und Meaghann, von der Schule abgegangen; sie sind beide mit totalen Versagern zusammen und arbeiten jetzt als Aushilfen. Ich hab gehört, Peta sei schwanger. Von Meaghann hab ich zu Weihnachten eine SMS gekriegt, aber da ich vermute, dass sie die an alle geschickt hat, hab ich nie geantwortet.

Tahnee setzt sich eine Weile neben mich. Sie trinkt erst Bier, dann Wodka, dann eine eklig aussehende Bowle, die eins von den Mädchen in einer Plastikschüssel angesetzt hat. Ich stehe auf, um mir auch was davon zu holen.

»Hallo, hast du die gemacht?«, frage ich das Mädchen mit der Bowle, um ein bisschen Konversation zu betreiben. Ich löffele mir ein winziges Schlückchen in einen Plastikbecher und mache »Mmmmm!«.

Das Mädchen sieht mich nur argwöhnisch an und verzieht sich auf die andere Seite des Feuers.

Tahnee ist in ihrem Element; sie flitzt mit ihren High Heels und ihren blonden Strähnchen im gewellten Haar herum. Ich setze mich auf einen Baumstamm, der weiter vom Feuer weg ist, aber meine Beine rutschen auseinander, und ich fühle mich unpassend angezogen, wie eine Kammerzofe in einem Ballkleid.

In den Rauch mischt sich ein Geruch, der an Desinfektionsmittel erinnert; die Jungs werfen Kiefernzapfen ins Feuer, die knistern und Funken sprühen. Ascheflöckchen landen in meinen Haaren und Augenwimpern, und der Rauch verfolgt mich überallhin. Ich nehme mir eine Handvoll Marshmallows und versuche, sie an einem Stock zu rösten. Aber das Feuer ist zu heiß, und sie verbrennen. Weißer Schleim läuft über meine Finger und verklebt mir die Haare, als ich sie mir aus den brennenden Augen schiebe.

Mit zunehmender Dunkelheit wird Tahnee immer betrunkener. Sie stürzt alles runter, was sie in die Finger bekommt. Fast beneide ich sie um ihre Hemmungslosigkeit, ihre Fähigkeit, sich einfach gehenzulassen. Sie überspringt dauernd irgendwelche Tracks auf Ryans CD-Player, und jedes Mal schreit irgendwer, dass sie das lassen soll. Die Finsternis erschwert die Orientierung wie eine Droge, und ich bin froh, dass ich die Bowle nicht getrunken habe.

Noch ein Wagen kommt angefahren. Das Tuckern seines Motors ist mir so vertraut wie mein eigener Herzschlag. Das ist er, ich weiß es. Ich fühle mich wie ein Kaninchen im Scheinwerferlicht und erstarre für einige Sekunden. Jordan steigt aus und geht schnurstracks zu einer Gruppe Jungs vor einem ramponierten Nissan Skyline.

Ich lasse meine Haare ins Gesicht fallen und beobachte ihn. Noch immer bekomme ich Herzklopfen, wenn ich ihn sehe. Er ist groß und schlank und hübsch, und obendrein auch noch schlau. Ein Jammer, dass er keinen Anstand besitzt. Liebe und Hass bilden einen merkwürdigen Cocktail.

»Können wir jetzt heimfahren, Tahnee?«, rufe ich über die Musik hinweg. Aber ich kenne die Antwort schon.

Bestimmt kann sie schon nicht mehr klar sehen, aber sie erspäht ihn trotzdem, und auf ihrem Gesicht erscheint ein heimtückisches Grinsen. »Ha, ha«, sagt sie. »Ich hab's dir ja gesagt. Du hättest dir mehr Mühe geben sollen. Meine Güte, Mim, du siehst so scheiße aus.« Sie schwankt, als wäre es windig.

»Danke. Können wir jetzt fahren?«

»Auf keinen Fall. Das ist deine Chance, du Feigling. Los, gib ihm einen Kuss.«

Ich bin dankbar für die Musik, denn sie spricht laut und die anderen Mädchen gucken schon. So habe ich sie noch nie erlebt. Wir waren immer ein eingeschworenes Team, aber heute Abend ist sie so ... distanziert und läuft völlig aus dem Ruder. Bevor ich es verhindern kann, torkelt Tahnee zu Jordan hin. Sie beugt sich vor, und er weicht mit den Händen in den Hosentaschen zurück. Wie in Zeitlupe schwenken seine Augen zu mir und bohren sich in meine. Er nickt und grinst sie an, wie ein nüchterner Junge es mit einem betrunkenen Mädchen eben so macht.

Ich war nur ein einziges Mal richtig verkatert. Und jetzt gerade geht es mir genauso wie damals. Ich spüre, dass sich Unheil zusammenbraut, und fühle mich, als würden Ratten an meinen Eingeweiden nagen, und wenn ich blinzele, kratzen die Lider über meine Augen.

Tahnee reckt grinsend den Daumen hoch, als hätte sie mir einen Gefallen getan. Dann stürzt sie sich auf Ryan, und sie gehen beide zu Boden. Die anderen Jungs johlen, weil sie wissen, dass sie heute eine leichte Beute für Ryan sein wird.

Jordan kommt mit seinen blauen, blauen Augen und seinem breitbeinigen Cowboy-Gang zu uns rüber, die Hände tief in den Hosentaschen. Eine Seite seines Gesichts lächelt, der andere Mundwinkel zeigt nach unten. Die Mädchen werden still und beobachten ihn mit gierigen Blicken. Ob er wohl zu ihnen will?

Ich weiß, dass ich lächerlich aussehe mit meinen tränenden Augen, dem klebrigen Lipgloss und den geschmolzenen Marshmallows in den Haaren – wie weißes Konfekt. Vor einer Woche hätte er es sein können, der perfekte Augenblick, in dem er mich fragt, ob ich mit ihm ausgehe, oder meine Hand hält oder mich küsst. Ich möchte vergessen, was er getan hat, und so tun, als wäre dies der wahre Anfang. Aber das können wir jetzt beide nicht mehr.

Ich stehe auf. Die Hände habe ich zu Fäusten geballt. Mein Herz schlägt zu schnell, und ich vergesse zu atmen. Ich kann nicht mehr denken. *Denk nach, Jemima.* Das ist der Moment, in dem ich vor all diesen Leuten, die ich nicht kenne, mit ihm abrechnen werde. Das ist der Moment für die universelle Mega-Rache vor Publikum. *Nimm dir Zeit, lass sie wie ein Messer sein, das du ihm zwischen die Rippen schiebst.* Aber die Worte wollen nicht kommen. Also recke ich nur mein Kinn hoch und tue das, was alle Dodds tun, wenn sie einen Gegner taxieren: Ich grinse höhnisch und sage nichts, weil ich völlig blockiert bin.

Jordan umkreist mich wie ein Matador. Schließlich lässt er sich auf ein Knie herab und nimmt meine Hand, während ich, stumm und dumm, einfach nur dastehe. Dann der Schmerz, als er meinen kleinen Finger zur Seite biegt. Sein Blick ist grausam und hypnotisierend.

»Halt dich verdammt noch mal von meiner Schwester fern.« Er steht auf und geht weg.

Ich trete erschrocken einen Schritt zurück und stolpere über den Baumstamm. Die beiden Mädchen neben mir stecken die Köpfe zusammen, ihr Lachen klingt wie Gebell.

Tahnee kommt mit einwärts gedrehten Füßen zu mir hingetaumelt. »Und? Was hast du gemacht? Was hast du zu ihm gesagt?«

»Bitte frag Ryan, ob er mich nach Hause bringt.«

»Was ist passiert?«

»Bring mich nach Hause!«, schreie ich.

»Ich versteh dich nicht, Mim. Du bist feige, ja, genau, feige bist du! Dann geh doch nach Hause! Ich hab's satt mit dir und deiner Scheiß-Jungfrau-Maria-Nummer!«, brüllt sie zurück.

Einen Augenblick lang stehen wir einfach nur da und blicken uns an. Die Kluft zwischen uns wird größer. Dann dreht sie sich um und geht.

Ich setze mich ins Auto; ich zittere so stark, als würde ich eine Grippe bekommen. Es dauert ewig, bis Ryan kommt, allein.

»Wo ist Tahnee?«

»Ich setz dich zu Hause ab und fahr dann zurück. Sie will noch nicht.«

»Du lässt sie aber doch nicht hier, oder? Sie ist betrunken.«

Er wirft einen Blick über die Schulter. »Tahnee kann auf sich selbst aufpassen.«

»Bring mich einfach nach Hause. Bitte.«

Als er mich absetzt, schleiche ich die Einfahrt hoch und gehe direkt zum Schuppen. Ich hab nichts zu fressen für Gargoyle, aber ich muss noch ein paar Minuten allein sein, bevor ich ins Haus gehe. Mum hat einen Radar für Traurigkeit, vielleicht weil sie selbst so viel davon mit sich herumträgt.

Im Schuppen ist es still und friedlich. Die Leuchtstoffröhre geht erst an, dann wieder aus und flackert schließlich vor sich hin, so dass ich die Augen halb zukneifen muss.

Eimer und Decke sind leer. Die Bestie ist weg.

10

Während der Ferien komme ich selten vor zehn aus dem Bett, aber Mum ist schon auf und rumort herum, und das ist so außergewöhnlich, dass ich neugierig werde. Noch außergewöhnlicher ist, dass der Staubsauger läuft. Mir platzt der Schädel, und ich habe wieder das Gefühl, leichtfertig zu sein. Wie immer, wenn mir die Dinge entgleiten.

Ich schicke Tahnee eine SMS: *Tut mir leid, dass ich dich gestern Abend allein gelassen hab. Hoffe, du bist gut nach Hause gekommen. Wir müssen reden. Ruf mich an.*

Ich weiß, dass sie mich nicht so angeblafft hätte, wenn sie nicht so zu gewesen wäre. Und ich weiß, dass sie auf meiner Seite wäre, wenn ich ihr alles erzählt hätte. Wenn ich ihr erzähle, was Jordan gemacht hat, wird es zwischen uns wieder so wie vorher. Keine Geheimnisse mehr.

Mein Finger tut immer noch weh, aber vielleicht bilde ich mir das auch nur ein. Ich verstehe das nicht. Warum hasst er mich denn so? Warum hat er Kate meine Adresse gegeben, wenn er nicht wollte, dass wir uns treffen? Irgendwo tief in mir spüre ich eine Wut, die langsam um sich greift und alles andere an den Rand drängt: die Angst um meine Brüder, meine Scham wegen des Pakets, die Verzweiflung, wenn ich an ihn denke. Mums Gleichgültigkeit. Gargoyles Fahnenflucht. Darüber sollte ich erleichtert sein, aber ich bin es nicht.

Der Duft echten Kaffees zieht unter meiner Tür durch. Jetzt werde ich wirklich misstrauisch. Das bedeutet nämlich, dass Mum ein Produkt, das sie gekauft hat, auch ausgepackt hat *und* es verwendet.

Nach dem Zustand der Küche zu urteilen, ist sie schon seit Stunden aktiv. Die Sitzbank liegt nicht mehr voller Krempel, das Geschirr ist gespült, und der Müll ist rausgebracht. Es riecht nach Putzmittel. Eine Kaffeemaschine aus rostfreiem Stahl faucht und spuckt wie ein wütendes Kamel, und Mum stößt wilde Flüche aus, während sie versucht, eine gläserne Kanne in eine Öffnung zu schieben, in die sie offensichtlich nicht passt.

»Was ist los?«

»Ich koche Kaffee. Wonach sieht es denn aus?«

»Seit wann trinken wir richtigen Kaffee?«

Ich werfe einen prüfenden Blick ins Wohnzimmer und sehe: Platz zum Stehen und Sitzen, hübsche Untersetzer auf dem Tisch, Schneisen auf dem Fußboden. Und sie hat die Sofakissen umgedreht, was ich daran erkenne, dass sie sauberer sind als die Rückenlehnen und die Armpolster.

»Nein, ich meine, was geht hier vor?«

»Hör auf, blöde Fragen zu stellen, und hilf mir mit diesem verdammten Ding hier.« Sie knallt die Kanne auf die Spüle. »Nichts passt hinterher wieder da rein, wo man es rausgenommen hat.« Ihre Hände zittern.

»Ist was mit den Jungs?«

»Nein, denen geht's gut. Und falls du mitkommen willst: Ich fahre morgen hin.«

»Erklärst du mir, warum es hier so sauber ist?«

»Nein. Du musst gleich verschwinden, ich kann

dich hier heute nicht gebrauchen. Den ganzen Tag nicht. Und sieh zu, dass dein Zimmer aufgeräumt ist, bevor du gehst.«

Das kommt nicht besonders häufig vor. Und wenn, dann bedeutet es, dass eine »Besprechung« ansteht. Irgendwas, wovon ich nichts mitkriegen soll. Gedämpfte Unterhaltungen mit vierschrötigen Typen, die für niemanden ihre Stiefel an der Haustür ausziehen, nicht mal für Mama Dodd. Feeney kommt nie zu uns nach Hause, obwohl er, seit ich denken kann, eine feste Größe in unserem Leben ist. Wie ein Patenonkel. Mum macht eigentlich nie Geschäfte ohne den Schutz der Jungs, und die sind nicht da. Misstrauen kriecht in meine Eingeweide. Irgendwas stimmt hier nicht. Noch nie hat jemand richtigen Kaffee und hübsche Untersetzer bei solchen Besprechungen kredenzt bekommen.

»Ist alles in Ordnung, Mum?«

Ich glaube, einen Moment lang nimmt sie mich sogar wahr.

»Ja, bald ist alles in Ordnung, Mim. Es werden sich hier nur ein paar Dinge ändern.« Sie schafft es endlich, die Kanne unter den Filter zu schieben, und nickt zufrieden.

»Kaffee?«

Ich muss lachen; ihre Chancen, mit dieser Maschine einen trinkbaren Kaffee zu kochen, stehen genauso hoch wie die, dass sie einen milchgebenden Bullen findet. Ich mache mir einen Instantkaffee, und sie ist nicht mal beleidigt.

»Übrigens hat Benny gestern Abend dein Fahrrad vorbeigebracht.«

»Ach so?«, sage ich möglichst beiläufig, aber meine Zunge fühlt sich an, als könnte ich jeden Moment daran ersticken. Ich will das verdammte Fahrrad nicht. In der Zwischenzeit hätte es sicherlich jemand mitgenommen. »Was hat er gesagt?«

»Du kennst doch Benny. Er hat's hinters Haus geschoben, sich ein Bier gemopst und ist wieder verschwunden. Was hat er denn damit gemacht?«

Das ist meine Chance. Ich sollte es ihr erzählen. Ich könnte mein Gewissen erleichtern und Jordan Mullen dem Zorn der Dodds überlassen.

Stattdessen sage ich: »Ach, das Vorderrad ist verbogen. Er wollte versuchen, es zu reparieren.«

»Gut. Jetzt aber los, ein schnelles Frühstück und dann verschwindest du.«

»Jetzt schon?«

»Um neun musst du weg sein. Und könntest du die Kisten, die auf der Veranda stehen, bei Mrs Tkautz vorbeibringen? Sie macht am Wochenende ihren Garagenflohmarkt.«

Na toll. Morgens ist Mrs Tkautz besonders übel gelaunt. Mum muss das Geld ja dringend nötig haben, wenn sie schon ihren gehorteten Krempel verkauft. Aber solange sie mich nicht bittet, das Paket zu holen, kann es so schlimm auch wieder nicht sein. Und ich glaube kaum, dass sie es selbst aus dem Schuppen holt. Die Grube ist eng und dunkel – zwei Dinge, mit denen Mum wegen ihrer Fülle und ihrer schlechten Augen nicht klarkommt.

Die Hitze draußen ist gnadenlos. Selbst der Garten der Hexe ist staubtrocken. Ihre Blumen rascheln und ächzen. Ich lade eine Kiste nach der anderen auf Mrs Tkautz' Veranda ab.

»Was ist das?«, krächzt Mrs Tkautz durch einen Türspalt. Ich kann gerade mal ihr gesundes Auge und die Hälfte ihrer Nase sehen. Und ich hab nicht die geringste Lust, mit ihr zu reden.

»Mum hat mich gebeten, Ihnen die Kisten zu bringen. Für den Flohmarkt.«

»Sag ihr, wir machen fifty-fifty.«

Kapitalistenhexe. Ich will meine Bücher wiederhaben. »Ich will meine Bücher wiederhaben«, sage ich laut.

»Welche Bücher?«

»Mum hat Ihnen aus Versehen meine Kiste gegeben. Aber die Bücher sind nicht zu verkaufen.«

Sie späht über ihre Schulter in den dunklen Flur. »Sie hat mir viele Kisten gegeben. Hab sie noch nicht durchgesehen.« *Verkommenes Kind.* Ihr Telefon klingelt, und sie macht mir vor der Nase die Tür zu.

»Hexe!«, schreie ich die Blumen an.

Benny sitzt in seinem Cockpit. Ich stapfe seine Einfahrt hoch. Die zweite Verandastufe muss ich überspringen; die haben nämlich die Termiten zerfressen. Auch wenn es robust aussieht, ist der Großteil von Bennys Haus so stabil wie Pappe.

»So ein Mist!«, murmele ich. »Hallo, Benny. Wie verflucht man jemanden?«

»Mann«, begrüßt mich Benny.

»Danke, dass du mein Rad geholt hast«, sage ich. »Nicht, dass ich großen Wert drauf legen würde. Gargoyle ist übrigens zurück nach Hause gelaufen. Glaube ich zumindest.«

»Er weiß es nicht besser«, sagt Benny und blinzelt mich an. Er hält seine Hände ausgestreckt vor sich, die bleichen Handflächen nach oben, die schwarzen Handrücken nach unten. Dann dreht er sie um. Ich schaue genau hin für den Fall, dass eine Botschaft in dieser Geste verborgen liegt. Aber er sitzt einfach nur da und dreht seine Hände. Immer wieder.

»Na ja, danke jedenfalls. Ich muss los. Wenn du mein Fahrrad noch mal irgendwo findest, lass es ruhig liegen.« Ich wende mich zum Gehen.

»Mann.«

Ich bleibe stehen. »Ja?«

»Außen ist das eine, innen das andere.«

»Ja, verstehe. Raue Schale, weicher Kern. Er ist bloß ein Hund, Benny. Brauchst gar nicht so geheimnisvoll zu tun.«

»Nein. Hör zu!«

Ich fahre erschrocken zusammen, denn noch nie habe ich erlebt, dass Benny laut wird. »Was willst du mir denn sagen?«

»Sie ist nicht, was du denkst. Mach deine Augen auf.« Er sticht mit dem Finger in meine Richtung.

Ich sehe zu, dass ich wegkomme. Heute ist Benny irgendwie neben der Spur. Vielleicht hat er wieder was Selbstgebrautes von irgendwem getrunken. Ein Blick auf mein Handydisplay zeigt mir, dass Tahnee nicht geantwortet hat. Da ich noch zwei Stunden totschlagen muss, bis ich Kate abhole, könnte ich bei ihr vorbeigehen und sehen, ob zwischen uns alles wieder gut ist. Und ob mit ihr alles wieder gut ist.

Hätte ich doch mein Rad genommen. Auch

wenn es klapprig ist – immer noch besser, als zu Fuß zu gehen. Ich liebe den Sommer, aber diese Hitze halte ich langsam nicht mehr aus.

Tahnees Haus steht eingeklemmt zwischen einer Zaunfabrik und dem Haus eines Tierfutter-Herstellers. Tagsüber fliegen die Funken von Schweißgeräten und Schleifmaschinen, und nachts dringt der Gestank von Fleischabfällen durch die Ritzen in der Bretterverschalung. Tahnee hat eine spindeldürre Mum namens Bev, die immer nachts arbeitet und den ganzen Tag verschläft. Die Klingel ist abgestellt, und an der Tür klebt ein rosafarbenes Post-it für die, die anklopfen wollen: *Schlafende Schichtarbeiterin. Verzieh dich.* Ich hasse es, hier zu übernachten. Meistens sind Tahnee und ich bei mir.

Ich gehe ums Haus rum und klopfe leise ans Fenster. Tahnees zehnjährige Schwester Merrilee öffnet mir die Tür.

»Hallo Zwerg«, sage ich, »ist Tahnee zu Hause?«

»Sie hat gesagt, sie ist nicht da«, antwortet Merry mit einem Blick über die Schulter.

»Was hat sie denn?« Ich trete trotzdem ein; Tahnee erwartet ohnehin nichts anderes.

Neben ihrem Bett steht ein Eimer, und sie hat sich fest in ihre Bettdecke gewickelt. Stöhnend dreht sie ihr Gesicht zur Wand. Sie hat alle unsere Fotos von ihrer Pinnwand abgenommen. Jetzt hängen Bilder von ihr und Ryan dort. Wie sie Ryan küsst. Wie sie Ryan umarmt. Wie sie mit Ryan tanzt. Ryan und seine Kumpel. Ryans Auto. Tahnee und drei Mädels, die ich nicht kenne. Tahnee untergehakt mit einem der Mädchen vom Lagerfeuer.

Sie hat ein komplett anderes Leben, von dem ich nichts weiß. All das passiert ohne *mich*.

»Bist du verkatert?«, frage ich, obwohl es ja offensichtlich ist.

»Hau ab«, sagt sie.

»Du meine Güte, wie viel hast du denn getrunken?«

»Einiges. Und jetzt verschwinde.«

»Ich gehe, wenn du mir sagst, dass du nicht mehr sauer auf mich bist.«

Sie dreht sich um und setzt sich, immer noch in die Decke eingerollt wie eine Wurst, im Bett auf. Die Schminke vom gestrigen Abend ist ihr in Schlieren über die Wangen gelaufen.

»Ich bin nicht sauer auf dich. Ich bin nur so was von fertig mit dir. Ich hab die Nase voll von deinen Regeln und davon, dass du dich dauernd für was Besseres hältst. Und jetzt verschwinde endlich!«

Damit habe ich nicht gerechnet. Tahnees Ablehnung trifft mich viel härter als die von Jordan. Bis jetzt haben wir uns nach jedem Krach wieder versöhnt. Wir streiten, nörgeln aneinander rum, ziehen uns gegenseitig auf – aber dann vertragen wir uns immer wieder.

»Tu ich doch gar nicht! Ich halte mich nicht für was Besseres!«, schreie ich sie an. »Im Gegenteil! Ich bin schlechter. Es wäre ganz leicht, so zu werden, wie es alle von mir erwarten. Es wäre leicht, schwanger und arbeitslos zu werden und in so eine Doppelhaushälfte zu ziehen. Was ich versuche, ist schwer, Tahnee. Sogar scheißschwer!«

»Oh, là, là!«, spöttelt sie. »Ist das nicht eine von

deinen blöden Regeln? Keine schlimmen Wörter? Kein Sex. Nicht von der Schule abgehen. Keine Sünde. Kein Spaß. Kein Wunder, dass Jordan nicht interessiert war. Du bist einfach ein Nichts.«

Ihre Worte treffen mich wie ein Fausthieb. Gestern Abend hat Jordan mich im Wald umkreist, als wäre ich ein Nichts, und ich hab dagestanden und ihn machen lassen. Und kein Wort rausgebracht. Jetzt fällt mir umso mehr ein.

»Was ist los? Hat Ryan dich sitzen gelassen, nachdem du dich ihm auf dem Silbertablett angeboten hattest? Oh, Ryan, möchtest du vielleicht noch Pommes frites dazu?«, äffe ich sie nach. »Was hast du denn erwartet? Das war alles, was du ihm zu geben hattest, und du hast es ihm quasi nachgeworfen. Erinnerst du dich noch?« Ich ziehe meinen Ärmel hoch und zeige auf die verblasste Narbe in meiner Armbeuge. »Du hast es geschworen, Tahnee. Wir haben uns geschworen, dass wir zusammenhalten. Hat dir das denn gar nichts bedeutet? Wegen ihm bin ich bei dir total abgemeldet. Freunde tun so was nicht.«

Sollte ich Verständnis erwartet haben – Tahnee hat ganz anderes im Sinn.

»Es dreht sich aber nicht immer alles nur um dich.« Sie legt sich wieder hin und rollt sich zur Wand. »Ich hab eh nie an deine blöden Regeln geglaubt.« Ihre Schultern beben; ich nehme an, sie weint.

Ich lege meine Hand auf ihren Rücken. Ich will ihr gar nicht weh tun. »Ich hab dir so viel zu erzählen«, sage ich.

Keine Antwort, nur zitterndes Schluchzen, wie

man es manchmal macht, wenn man so heftig geweint hat, dass einem die Rippen weh tun.

»Alles in Ordnung mit dir?«

»Nein«, schluchzt sie.

»Was ist passiert?«

»Verschwinde!« Sie schnellt herum und schreit mir ins Gesicht. »Immer ruinierst du alles! Es lief gerade so super für mich. Verschwinde einfach aus meinem Leben!«

»Brauchst du jemanden, an dem du dich abreagieren kannst, Tahnee? Dann nur zu! Das haben diese Woche auch schon jede Menge andere getan!«, schreie ich zurück.

Merry streckt den Kopf herein und schaut uns mit großen, ängstlichen Augen an. »Pssst!«, macht sie und legt einen Finger an die Lippen. »Ihr weckt Mum noch auf.«

»Gut, du hast es nicht anders gewollt«, sage ich, gehe aus dem Zimmer und knalle die Tür hinter mir zu. »Bis dann, Bev!«, rufe ich, als ich an ihrem Fenster vorbeikomme.

Der Lärm und der Gestank draußen machen mich plötzlich irrsinnig wütend.

Gott, wer lebt denn so? Es muss doch Familien geben, die zusammen essen und respektvoll miteinander reden. Es muss doch Paare geben, die sich lieben, ohne gleich miteinander ins Bett zu gehen. Und es muss doch Freunde geben, die nicht einer Meinung sind, ohne sich gleich anzuschreien und einander die Freundschaft zu kündigen. Freunde, die sich nicht über Nacht in ihr komplettes Gegenteil verwandeln.

Es ist schon fast komisch. Meine Regeln fallen um wie Dominosteine, aber ich hab mich noch nie so lebendig gefühlt. Ich möchte mitten auf der Straße schreien und weinen, wie Mum, wenn sie ausrastet. Ich möchte mit einem Golfschläger auf Dinge einschlagen. Ich möchte mein Leben drehen wie eine Flasche und sehen, wo ich lande, weil jeder Ort besser wäre als der hier.

Ich fühle mich, als wäre ich aus einem Koma erwacht.

11

Ich kann verstehen, warum ein geistig vollkommen gesunder, normaler Mensch eines Tages in einem Einkaufszentrum Fremde erschießt oder eine Tankstelle überfällt oder mit drei Kindern auf dem Rücksitz in einen Stausee fährt. Man hört immer wieder von ihnen, es sind ganz unauffällige Leute, von denen niemand Notiz nimmt, bis sie plötzlich durchdrehen. Sie sondern sich ab. Und ich glaube, das, was in den Zeitungen steht, tun sie nicht, wenn ein Streit gerade hochgekocht ist. Erst danach, wenn sie sich ganz stumpf fühlen und die Sache nicht aufhört, an ihnen zu nagen, verlieren sie das Gefühl dafür, was normal ist, und flippen aus. Wenn sie aufgeben, wenn sich ein Teil von ihnen wie abgestorben anfühlt.

Nachdem ich bei Tahnee raus bin, mache ich mich auf den Weg zu Kate Mullen. Ich brauche fast eine Stunde, obwohl eigentlich eine halbe für diese Strecke ausreicht, und trotzdem bin ich noch zu früh. Die Sonne verbrennt mir die Kniekehlen und den Scheitel. Mum wird mir Vorträge über die Gefahren von Hautkrebs halten, während sie an einer Zigarette zieht.

Wenigstens gibt es dort Schatten. Die Hausbesitzer haben aufmerksamerweise schnell wachsende, immergrüne Sträucher gepflanzt, und Plastikbehälter fangen das Regenwasser auf. Der Grünstreifen wird von der Gemeinde gemäht. Ich wette, dass die Müllabfuhr hier nicht vergisst, den Müll abzuholen, und dass ihre Recyclingtonnen nicht nach Dosen oder Flaschen durchwühlt werden. Sie haben Zäune, die dafür sorgen, dass andere Leute draußen und die Hunde drinnen bleiben. Perfekte kleine Leben.

Mein Herz zeigt keine Regung, als ich Jordans Wagen in der Einfahrt sehe. In meinem kleinen Finger pulsiert ein Phantomschmerz. Plötzlich ist es wichtig, dass *er* mir die Tür öffnet und dass *er* mich dort stehen sieht. Dass er noch etwas anderes als Verachtung oder Abneigung empfindet. Es ist ganz einfach – schließlich hat er etwas, das mir gehört. Er will, dass ich mich von Kate fernhalte, und ich will mein Paket wiederhaben. Bis ich es zurückbekomme, ist seine Schwester Freiwild.

Tahnee hat genau genommen etwas sehr Richtiges gesagt. Bislang bin ich ein Nichts. Vollkommen passiv.

Ich drücke auf die Türglocke.

Ding-dong.

»Es hat geklingelt«, ruft jemand von weit weg.

Ding-dong.

»Es hat geklingelt!«

Das schnarrende Geräusch von aneinanderreibenden Beinen in einer Jeanshose. Stille. Die Erkenntnis, dass ich nicht ins Haus sehen kann. Dann: »Was zur Hölle willst du?«

Auch wenn's schwerfällt, antworte ich ganz ruhig: »Ich glaube, du hast was, das mir gehört.«

Ich höre, wie er nach Luft schnappt.

»Wer ist da?« Eine andere, ältere männliche Stimme.

Die Sicherheitstür geht auf, und da stehen sie;

sie sehen sich ähnlich und doch auch wieder nicht. Jordans Jeans ist knittrig und sitzt tief auf der Hüfte, die von seinem Dad ist perfekt gebügelt und mit einem Gürtel versehen.

»Guten Tag«, sagt Mr Mullen. »Zu wem möchtest du?«.

»Guten Tag. Jordan hat was von mir, und ich bin vorbeigekommen, um es abzuholen.« Ich schaue Jordan direkt an, doch er verzieht keine Miene. Genau wie ich, wenn der Zahnarzt mit einem Instrument, das wie der Haken von Captain Hook aussieht, in meinen Nerven herumstochert. *Bitte, lass es einfach vorbeigehen.*

»Außerdem bin ich um elf mit Kate verabredet.« Noch ein Stich, den ich Jordan versetze.

»Dann komm doch rein. Kate duscht gerade. Hast du noch was zurückzugeben, Jordan?« Mr Mullen schaut auf die Uhr. »Ich muss los, ich bin spät dran. Macht's gut, Kinder.«

Jordan sieht zu, wie der Wagen rückwärts aus der Einfahrt fährt, hebt kurz die Hand an den Kopf, wie um zum Abschied zu salutieren, dann lässt er die Maske fallen.

»Ich hab's nicht mehr«, sagt er leise. »Wenn du's zurückhaben willst, musst du es dir selbst holen. Aber lass meine Schwester aus dem Spiel. Sie hat nichts damit zu tun.«

Ich spüre seinen warmen Atem am Ohr, ein Schauer läuft mir den Rücken runter.

»*Du* hast es mir doch weggenommen. Was soll das heißen, du hast es nicht mehr?«

»Ich hatte keine Wahl. Aber ich bin raus aus der Sache«, sagt er. »Wenn du dich mit denen anlegen willst, tu dir keinen Zwang an. Aber halt dich von Kate fern.«

»Mit wem anlegen? Wovon redest du? *Du* hast es mir doch weggenommen.«

Er starrt mich an. »Du weißt schon. Welles. Und der ist höllisch sauer, weil er geleimt wurde. Wenn ich du wäre, würde ich also gut auf mich aufpassen. Er weiß, dass deine Brüder nicht da sind, um dich zu beschützen.«

»*Du* hast es mir weggenommen«, wiederhole ich stur. »*Du* musst mir helfen, es zurückzubekommen.«

Man hört Rohre in der Wand klappern, und er blickt sich um. »Sie ist fertig mit duschen. Jetzt verzieh dich und halt uns da raus.«

Ich pflanze mich vor ihm auf und verschränke die Arme vor der Brust. Der letzte Rest dieser Benommenheit und das Gefühl, dass sowieso alles egal ist, geben mir den Mut dazu. »Ich gehe nirgendwo hin. Ich will es zurück.«

Er setzt sich auf die Treppe, als hätte er kein Rückgrat, die Ohren auf Kniehöhe. »Oh Gott, ich wünschte, ich hätte mich nie mit euch Losern eingelassen.«

Das sitzt. *Euch Losern.* Als wäre ich Abschaum. Dabei ist er für alles verantwortlich. Er hat die Sache überhaupt erst in Gang gesetzt. In meinen dummen Träumen habe ich ihn vergöttert, und jetzt, wie nach einer kosmischen Explosion, wabern die Schwingungen auch durch den Rest meines Lebens. Fick dich, Jordan Mullen.

»Du weißt überhaupt nichts über mich. Aber ich sag dir eins: Wenn meine Brüder erst mal draußen sind, wird Brant Welles dein geringstes Problem sein. Und wenn du willst, dass ich mich von Kate fernhalte, finde raus, was ich tun muss, um das Paket zurückzubekommen. Bis dahin werden Kate und ich uns treffen. Hat sie's dir erzählt? Sie lässt sich ein Tattoo machen, und ich begleite sie. Dann rauchen wir vielleicht einen Joint im Park und ziehen ein paar Omis ab. Unsere Kate ist eine heimliche Rebellin, wusstest du das? Sie hat das Zeug dazu, ein *sehr böses Mädchen* zu werden.« Ich lächele ihn an. »Ich warte also auf eine Nachricht von dir. Kate hat meine Nummer.«

Er gibt sich geschlagen. »Du bist bösartig.«

»Ja«, sage ich. »Willst du mich nicht reinbitten?«

Er führt mich in die weiße Küche und lässt mich dann allein. Die Benommenheit hat nachgelassen, ich bin plötzlich bei absolut klarem Verstand.

»Hallo!«, platzt Kate herein.

Sie trägt ein Boot-Boys-Shirt und hat eine abgeschnittene Jeans an, die noch ganz frisch zersäbelt aussieht. Ihre blonden Haare sind offen und absichtlich zerzaust. Sie sieht aus wie ich, nur dass ihre Reinheit noch durchscheint. Es wird schwer werden, eine Schlampe aus ihr zu machen, aber wenn es das ist, worauf Jordan anspringt, tja dann ... was sein muss, muss sein.

»Das hab ich in einem Secondhandladen gefunden«, sagt sie und schaut an sich runter. »Wie findest du es?«

»Ich finde, du solltest was anderes anziehen.«

»Warum? Gefällt es dir nicht?«

»Boot Boys, Kate. Doc Martins. Skinheads. Verstehst du? Weiße Rassisten.«

»Oh. Das ist nicht gut.«

»Nicht da, wo wir hingehen.«

Sie schält sich aus dem T-Shirt; darunter trägt sie ein weißes Tanktop. »Okay, ich ziehe was anderes an. Findest du, dass ich zu jung aussehe? Muss man nicht achtzehn sein, um sich ein Tattoo machen lassen zu können?«

»Warum flüsterst du?«

»Jordy ist hier und könnte mich hören. Der flippt aus.«

»Soll das ein Witz sein? Er wird es lieben.« Ich lege meinen Arm um ihre Schultern und drücke sie. »Alle ernstzunehmenden Musiker haben Tattoos. Du willst doch, dass er dich ernst nimmt, oder?« Ich stupse sie sanft an.

Sie nickt. »Bin gleich wieder da.«

Einige Sekunden später höre ich ein leises Klopfen an Kates Zimmertür.

»Kate«, sagt Jordan schroff. »Wo willst du hin?«

Ich schleiche mit dem Rücken an der Wand um die Ecke, damit ich alles hören kann, aber nicht gesehen werde. Die Zimmertür geht auf.

»Ich geh raus«, sagt Kate.

»Wohin raus? Mit ihr?« Dann murmelt er leise etwas, das ich nicht verstehen kann.

»Das musst du gerade sagen«, giftet Kate zurück.

Jordan verlegt sich aufs Schmeicheln. Das Einzige, was ich verstehe, ist: »... nur Ärger.«

»Du kennst sie doch gar nicht! Was hat sie dir überhaupt getan?«, sagt Kate lauter. »Hör auf, dich aufzuspielen, als wärst du mein Vater, Jordan. Du bist auch kein Heiliger!«

»... an mir rächen!«

»Wofür denn?«

Stille. Eine Sackgasse.

»Misch dich nicht in mein Leben ein, Jordan. Mein Gott, ich bin sechzehn und keine elf!«

Sie klingt genau wie Tahnee. Bei dem Gedanken muss ich lächeln, aber der Geschmack in meinem Mund ist bitter.

»Du hast dich verändert«, sagt Jordan entschieden.

Ich verdrücke mich wieder in die Küche.

Als Kate zurückkommt, trägt sie ein Baumwollshirt mit aufgestickten gelben Blumen. Ihre Miene und ihre Stimme sind übertrieben fröhlich. »Fertig!« Sie schnappt sich ihre Tasche vom Tresen und nimmt meine Hand. »Komm, lass uns verschwinden.«

Kate kann nicht normal gehen; sie läuft in Schlangenlinien und hüpft und tänzelt herum wie ein aufgedrehter Welpe. Ich glaube nicht, dass sie es sich noch mal anders überlegt.

»Hast du dein Motiv?«, frage ich.

»Ich hab was anderes gefunden«, sagt sie. »Du hattest recht. Schau mal!« Sie öffnet ihre Tasche und holt einen Ausdruck raus, der so frisch ist, dass er an den Rändern verwischt. »Wie findest du's? Ist das besser? Ich möchte etwas nehmen, das für meine Träume steht. Damit ich mich immer an diese Zeit erinnere. Es fühlt sich gerade so an, als würde sich alles verändern, findest du nicht? Als wäre ich endlich auf dem richtigen Weg.« Ihr ernster Blick.

Ich möchte ihr eine runterhauen.

Es reicht nicht, sich ein T-Shirt überzuziehen und ein Tattoo machen zu lassen, um etwas zu sein, was man nicht ist. Genauso wenig, wie es reicht, dass ich nach einem Haufen Regeln lebe, um etwas zu werden, was ich nicht bin. Die wahre Natur kommt immer wieder durch, wie Unkraut in einem Blumenbeet. Die Wahrheit lässt sich nicht verleugnen.

Ich starre auf die schwarzweiße Skizze. Sie hat sich für einen kunstvoll gezeichneten, hauchzarten Geist mit hohlen Augen und Flügeln entschieden, die aussehen, als wären sie zu klein zum Fliegen. Er greift ins Leere; entweder versucht er, zu fliegen, oder er versucht, etwas außerhalb seiner Reichweite zu fassen zu kriegen. Das Motiv ist unheimlich und beunruhigend. Es zieht mich genauso an, wie es mich abstößt. Wahrscheinlich würde es zu mir wesentlich besser passen als zu Kate.

»Total cool«, lüge ich.

»Ich weiß. Als würde es sagen: Greif nach deinen Träumen. So was in der Art zumindest«, sagt sie.

Es schüttelt mich.

Wir steigen in den Bus. Kate will sich automatisch vorn hinsetzen. Ich gehe nach hinten durch. Wir einigen uns auf einen Platz in der Mitte und lassen uns in dem Teil nieder, der wie eine Ziehharmonika aussieht.

Außer Tahnee, Jordan und Kate habe ich in diesen Ferien noch niemanden aus der Schule getroffen. Jetzt steigt Todd Pearson mit einem seiner Freunde ein, und die beiden setzen sich direkt hinter uns. Er ist derjenige, der Kate mit dem Gedicht über ihre Klarinette gemobbt hat. Ich hab Lust, mich mit ihm anzulegen, also drehe ich mich um und glotze ihn an. Kate stupst mich und wird rot.

»Du mischst dich wohl unters gemeine Volk, was, Kate?«, sagt er laut.

Kate erstarrt und presst die Hände so fest zusammen, dass ihre Fingerknöchel weiß hervortreten.

»Sag's ihm«, flüstere ich.

»Was?«

»Sag ihm, was du von ihm hältst. Was soll er schon tun? Sag's ihm einfach.«

»Ich kann nicht.«

»Komm schon. Du hast es eben selbst gesagt: Gerade verändert sich alles. Was ist denn das Schlimmste, was passieren kann? Sag's ihm!«

Sie lässt den Kopf sinken und schaut auf ihre Füße. »Ist schon okay. Er kann mich mit Worten nicht verletzen. Es ist mir egal, was er sagt.«

»Wie war's denn im Ferienlager?«, Pearson lässt nicht locker. »Hast du neue Instrumente zum Blasen gefunden?« Sie lachen grunzend, als hätten sie die Nasen in einem Trog.

»So ein Wichser«, sagt sie leise.

»Sag es ihm!«

»Du Wichser«, sagt sie etwas lauter, aber ohne sich umzudrehen.

»Lauter!«

»Du Wichser!«

»Jaah!« Ich klatsche sie ab, aber sie macht gar nicht richtig mit. »Na los, trau dich!«

Pearson hat noch nicht genug. Er nervt weiter.

»Halt die Klappe, du Flachkopf«, sage ich. Er ist mir ebenso egal wie ich ihm, daher ist es eigentlich eine Verschwendung von Atemluft.

»Bist du bereit?«, frage ich sie. »Nächste Haltestelle.«

»Ja, alles klar.«

Wir stehen auf.

Pearson legt noch mal nach.

Ich zeige ihm den Mittelfinger und bin schon fast aus dem Bus, als mir auffällt, dass Kate nicht bei mir ist. Ich blockiere die Tür mit dem Fuß.

Kate steht vor Pearson, die knochigen Schultern nach hinten geschoben, die Hände zu Fäusten geballt. Ihre Stimme bebt. »Weißt du noch, wie du mal nach der Schule auf mich gewartet hast? In dieser kleinen Seitenstraße? Sonst war niemand da, du mieser kleiner Feigling, und du hast deinen Schwanz rausgeholt und ihn mir gezeigt und mich gefragt, ob ich ihn nicht mal anfassen will.«

Pearson ist blass geworden, aber sein Kumpel kichert.

»Ich kann nur sagen: Seitdem hab ich dauernd Albträume. Wenn so ein Minirüsselchen nämlich alles sein soll, was mich erwartet, dann muss ich für den Rest meines Lebens Jungfrau bleiben, fürchte ich.« Dann steigt sie aus. Seelenruhig.

Der Busfahrer klatscht. Wir rennen kichernd los, verschwinden in einer Tiefgarage und tauchen im Einkaufszentrum wieder auf. Ich laufe weiter, bis wir an der öffentlichen Toilette sind, weil ich mir vor Lachen fast in die Hose mache.

»Großartig. Göttlich. Ganz, ganz groß«, sage ich, während ich mir die Hände wasche.

Kate grinst. »Weißt du, wie ich es geschafft habe?«

»Wie denn?«

»Ich hab so getan, als wäre ich du.«

Verkehrte Welt. Ich würde sofort mit ihr tauschen, mit ihrem süßen Leben, ihrer glänzenden Zukunft und ihrem tollen Talent. Aber sie will so sein wie ich.

»Du möchtest gar nicht wirklich wie ich sein«, sage ich.

»Doch. Du bist mutig. Du bist ehrlich. Und du hast Einfluss auf andere«, sagt sie schüchtern. »Mich hast du jedenfalls schon verändert.«

Ich hatte recht. Schmutz und böse Gedanken perlen an ihr einfach ab. Mutig zu sein ist nicht das Gleiche wie keine Angst zu haben. Wenn man sich vor etwas fürchtet und sich ihm dann trotzdem stellt, das ist mutig. Ich glaube nicht, dass das auf mich zutrifft.

»Komm, kümmern wir uns um dein Tattoo. Bist du dir auch sicher?«

Sie nickt und folgt mir zu dem Tattoo-Studio, das versteckt in einer gewundenen Seitenstraße liegt. Drinnen ist alles sauber und weiß, und der sterile Geruch sticht in der Nase. Die Tätowiererin, eine junge Frau mit kurzen schwarzen Haaren und jeder Menge Piercings, sagt uns, dass es ein paar Minuten dauern wird.

Die Wände hängen voller farbenfroher Motive. Ich war schon mal mit Tahnee hier und hab ihr die Hand gehalten, während die Nadel ihr ein vierblättriges Kleeblatt auf den Rücken gestanzt hat. Tahnee wollte ich es damals ausreden, und jetzt bin ich wieder hier. Kate werde ich es nicht ausreden. Ich schaue auf mein Handy. Keine SMS. Denkt Tahnee an mich oder ist sie mit ihren neuen Freundinnen zusammen? Der Gedanke versetzt mir einen Stich.

Kate lässt sich neben mir auf dem niedrigen Ledersofa nieder und kaut auf ihrer Unterlippe. »Tut es weh?«

»Was weiß ich. Ich hab damit keine Erfahrung«, sage ich und blättere durch eine Mappe mit Motiven. Mein Gewissen plagt mich, und mir ist übel von dem Desinfektionsmittelgeruch.

»Hast du denn kein Tattoo?«, fragt sie ungläubig.

»Nein.« Regel Nummer drei. »Aber es wird schon nicht so schlimm sein.«

»Oh.« Sie schaut mich unsicher an.

Ich stoße auf eine Seite mit Vogel-Motiven. Sie sind ganz fein und sorgfältig gemalt, und die Schattierung erinnert an Bilder aus einem Naturführer. Mein Blick wandert zu einem Kolibri; er ist so grandios gezeichnet, dass es aussieht, als wären seine Flügel in Bewegung. Ich fahre mit dem Finger um das Bild herum.

»Der ist ja schön«, sagt Kate. »Kolibris können achtzig Mal in der Sekunde mit den Flügeln schlagen; sie sind die einzigen Vögel, die auch rückwärts fliegen können.«

»Das sind Motive von mir«, sagt die Tätowiererin und lehnt sich über den Tresen. »Also, wer ist die Nächste?«

Sie führt uns hinter einen Vorhang und nimmt Kates Vorlage. Kate legt sich mit dem Gesicht nach unten auf den Tisch. Sie wirkt nervös.

»Noch kannst du es dir anders überlegen«, sage ich. »Das hier ist für immer.«

Sie bleibt stur liegen.

Die Tätowiererin kommt zurück und drückt Kate eine Matrize ins Kreuz. Sie zuckt zusammen, als wäre die Nadel schon in ihre Haut gedrungen. Der Geist sieht sehr hässlich aus auf ihrer weißen Haut; er wäre das perfekte »Fuck you« für Jordan Mullen.

Ich darf nicht zulassen, dass sie das tut. »Aufhören.«

Kate stützt sich auf ihre Ellenbogen. »Ich will es aber.«

»Es sieht nicht gut aus. Es passt nicht zu dir. Gib mir deine Tasche.« Ich fische die zerknitterte Kopie ihres Violinschlüssels heraus und reiche sie der Tätowiererin. »Das hier.«

»Bist du dir auch sicher?«

»Ja, ich bin mir sicher.«

Als die Nadel anfängt zu arbeiten, nimmt sie meine Hand.

12

Kate und ich essen Hotdogs im Park, diskutieren darüber, inwiefern Brustwarzensalbe bei frischen Tattoos besser ist als Hämorrhoidensalbe, und nehmen dann den Bus zurück zu ihr nach Hause. Es ist fast drei.

Jordans Wagen steht nicht in der Einfahrt. Ich bin enttäuscht, Kate erleichtert. Auf ihrem Rücken klebt ein Verband von der Größe einer Babywindel, den ihr T-Shirt nicht ganz verdeckt. Sie betastet ihn andauernd, als könnte sie es noch gar nicht ganz glauben.

Orchester-Nerd Kate Mullen hat ein Tattoo.

Ich weiß noch, dass es bei mir genauso war, als ich mir mit sieben Ohrlöcher habe stechen lassen. Damals habe ich dauernd in den Spiegel gesehen und an den Steckern herumgespielt und gedreht, bis meine Ohren geschwollen und entzündet waren.

Es ist noch viel zu früh, um nach Hause zu gehen. Mum hat klipp und klar gesagt, dass ich den ganzen Tag wegbleiben soll. Kate lädt mich zu sich ein, aber ich weiß genau, dass sie jetzt mit ihrem Wunder allein sein will. Sie wird die Glanzmomente des Tages noch einmal Revue passieren lassen und für eine Weile glücklich sein. Sie hat recht. Alles verändert sich – nur dass *ich* die letzten Tage nicht noch einmal durchspielen, sondern ungeschehen machen möchte.

»Dann bis bald«, sage ich, schon zum Gehen gewandt.

»Warte. Ich hab noch was für dich«, erwidert sie und geht ins Haus.

Ich blicke hoch. Über mir schwebt eine aufgeblähte graue Wolke, die wie ein Ufo aussieht. Dicke Tropfen fallen auf den Gehsteig und verdunsten sofort. Ich strecke die Zunge raus, um einen abzufangen, doch es ist noch kein richtiger Regen, nur eine Verheißung. Noch immer herrscht brütende Hitze, aber es liegt ein Gewitter in der Luft. Nach allem, was heute passiert ist, wäre es perfekt, im Regen nach Hause zu gehen.

Kate kommt wieder aus dem Haus; sie geht vorsichtig, dabei bewegt sie nur die Beine, nicht die Hüfte. Sie gibt mir eine CD in einer Plastikhülle.

»Die hab ich für dich gebrannt«, sagt sie. »An einigen Stücken muss ich noch arbeiten, aber im Großen und Ganzen bin ich zufrieden damit. Sag mir mal, wie du sie findest.«

Sie zuckt mit den Schultern, aber ich glaube, dass es ihr extrem wichtig ist. Sie macht sich ganz schön verwundbar.

»Irgendwann werde ich sagen können: ›Ich kannte sie damals schon.‹«

Sie lacht. »Schön wär's. Sag mal, hast du morgen schon was vor?«

Ja, habe ich. Meine Sünden zu beichten. Und mein Leben zurückzufordern. »Ja.«

»Oh, okay. Ich meine, wenn du ...«

Die Verlegenheit vom Anfang ist wieder da. Um ihrem Blick auszuweichen, schaue ich mir die CD an. Sie muss Stunden gebraucht haben, um sie zusammenzustellen. Die Tracks sind auf der Rückseite aufgelistet, und vorn auf dem Cover ist ihr

Violinschlüssel in Rosa abgebildet. Ihr Name steht nirgends, aber auf der Rückseite sehe ich eine Widmung: *Für Mim, die Mutige.*

Eigentlich sollte es nicht so schwer sein, ihr die kalte Schulter zu zeigen. Kate weh zu tun wird viel zu einfach sein, und ich hasse Jordan, aber nicht genug. Ich muss es schnell tun, wie wenn man ein Pflaster abreißt.

»Wir sehen uns dann in der Schule.«

Ich gehe weg, ohne mich noch einmal umzudrehen. Mir ist ganz seltsam zumute; es ist ein Gefühl, das ich nicht beschreiben kann, irgendwas zwischen Nostalgie, Heimweh und schlechtem Gewissen.

Die Ufo-Wolke folgt mir bis nach Hause wie ein Luftballon an einem Faden. All ihrer Verheißung zum Trotz fällt kein einziger Tropfen Regen mehr. Am oberen Ende unserer Straße blinkt an einigen Häusern noch immer die Weihnachtsbeleuchtung, und Kinder haben Tampons an kleine Plastik-Fallschirmspringer gebunden und sie über die Stromleitungen geworfen. Daneben baumelt ein an den Schnürsenkeln zusammengeknotetes Paar Schuhe. Aus der Ebene steigen rote Staubwolken auf und färben den Himmel rosa.

Ich beobachte zwei Kinder, die kurz vor dem Tarrant-Haus die Straße überqueren. Als die Gefahr vorüber ist, wechseln sie zurück auf die andere Seite. Ich mache Schritt für Schritt denselben Schlenker, wahrscheinlich zum dreitausendsten Mal, seit ich alt genug bin, um alleine zu gehen, und alt genug, um zu begreifen, dass es alle möglichen Spielarten des Bösen auf der Welt gibt und gleich mehrere davon in diesem Haus..

Auf der anderen Straßenseite bleibe ich stehen. Ich setze mich auf den Bordstein und ziehe den Kopf zwischen die Knie. Mein Herz klopft so laut, dass ich mir einbilde, jeder könnte es hören. Ich rieche meine eigene Angst. Tahnee und ich haben uns, als wir kleiner waren, gegenseitig dazu angestachelt, direkt am Haus vorbeizulaufen, aber wir haben uns nie getraut. Wenn sie jetzt hier wäre, würde ich es tun. Sie hat mir immer das Gefühl gegeben, die Mutigere von uns beiden zu sein.

Scheiß auf die Regeln. Diese ewige Angst hängt mir zum Hals raus. Ich komme überhaupt nicht vom Fleck, bin immer noch da, wo ich angefangen habe. Kate hatte recht: Alles verändert sich. Vielleicht passiert nur dann was, wenn man selbst auch etwas tut.

Meine Nackenhaare haben sich aufgerichtet, und der Wind dreht hin und her, als könnte er sich nicht entscheiden, aus welcher Richtung er blasen soll. Ich fühle mich, als hätte mir jemand die Augen verbunden und mich im Kreis gedreht, bis mir schlecht und schwindlig ist.

Doch plötzlich ist es ganz einfach.

Ich gehe zurück auf die andere Straßenseite und bleibe am Rand des Tarrant-Grundstücks stehen. Die Einfahrt ist leer. Ein loses Wellblechdach hebt sich und schlägt krachend zurück nach unten. Irgendwo läuft eine Radiosendung, ein Kind kreischt und ein Rasenmäher wird angeworfen. Meine Haare peitschen hinter mir im Wind – genau wie in *Carrie* – und ich rieche verbrannte Würstchen und gebratene Zwiebeln.

Ich stelle mich an der Startlinie auf. Meine

Hände zittern. Dann schiebe ich zwei Finger zwischen die Lippen, stoße einen gellenden Pfiff aus und trete den langen Weg an. Der Wind lässt plötzlich nach, und in der Flaute klingt das Klatschen der Flip-Flops gegen meine Fußsohlen übermäßig laut. Eins der Kinder auf der anderen Straßenseite blickt sich um. Es ruft seinem Freund etwas zu; beide bleiben stehen und starren zu mir rüber.

Ich gehe weiter und zähle in meinem Kopf, *eins, zwei, drei, vier ... siebzehn, achtzehn ... sechsundzwanzig, siebenundzwanzig ...* achtundzwanzig Schritte auf rissigem, unebenem Beton.

An der Ecke des nächsten Hauses bleibe ich stehen und blicke zurück.

Zuerst passiert gar nichts. Dann höre ich das langsame Schleifen der Kette auf der hölzernen Veranda. Gargoyle steht hechelnd auf der Stufe, sein massiger Brustkorb hebt und senkt sich. Er hat die ganze Zeit dort gelegen. Er sieht noch immer eingefallen und krank aus. Vielleicht wird er nie wieder dasselbe Monster sein, vielleicht ist sein Kampfgeist endlich erloschen. Er beobachtet mich argwöhnisch, bleibt aber, wo er ist.

Ich habe es geschafft. Ich habe es riskiert, und es ist gar nicht so schlimm. Er wird sich an den Eimer und die Decke erinnern, an meine Hand auf seinem Kopf, daran, dass sein Leben in meinen Händen lag. Er wird wissen, dass ich ihm niemals weh tun würde.

Die Fliegengittertür geht auf, und Donna Tarrant streckt den Kopf heraus. Sie schaut sich suchend um. Unsere Augen treffen sich für eine Millisekunde, doch sie kann meinen Blick nicht standhalten. Ihre Arme hängen schlaff herunter, als wären keine Knochen darin, und sie tut mir wahnsinnig leid, weil sie an dieses armselige, unglückliche Leben gekettet ist. Ich möchte schreien, sie anschreien. Stattdessen winke ich.

Wie auf ein Stichwort stürzt Gargoyle los; Krallen scharren auf dem Boden, die Kette rollt sich rasselnd ab, als hinge ein Anker daran, der über Bord geworfen wurde. Ein kehliges Knurren, und er ist in der Luft, fliegt auf mich zu, die roten Augen voll von irrem Hass. Meine Nägel bohren sich in meine Handflächen, und ich spüre einen Adrenalinstoß, der aber zu nichts führt. Man kann nie wissen, ob diese Kette hält, ob er weiter auf einen zurast oder wie ein Jo-Jo zurückschnellt.

Als er das Ende erreicht, stehe ich noch immer auf demselben Fleck.

Gargoyle geifert und tobt.

Donna Tarrant schließt leise die Tür.

Die Hexe sprengt wieder ihren Rasen. Der größte Teil des Wassers fliegt als feiner Nebel mit dem Wind davon.

»Warum provozierst du den Hund?«, ruft Mrs Tkautz in ihrer entstellten Sprechweise. Die schlaffe Seite ihres Mundes schlackert nutzlos herum.

»Weil ich verkommen bin!«, kreische ich.

Ich bin nicht sauer auf ihn. Er ist eine Bestie, das ist seine Natur. Er kann nichts dafür.

Vor unserem Haus steht ein silberner Wagen mit einem Behörden-Nummernschild. Eine Frau, die einen Anzug und ordentliche Schuhe trägt, steigt ein und fährt weg.

13

Die nächtlichen Geräusche in unserer Straße sind mir größtenteils vertraut.

Aufheulende Motoren, das leise Rattern eines vorbeifahrenden Wagens, fernes Sirenengeheul. Ein Nachtvogel, der schreit wie eine Frau. Zetern, Weinen, Lachen und leises Gemurmel durch dünne Wände. Katzen, die Mülltonnen durchwühlen. Daran, dass die Hunde zeitversetzt zu kläffen anfangen, erkennt man, dass jemand die Straße entlanggeht. Das Bellen eilt demjenigen immer vier Häuser voraus. Wenn man die flackernden Lichter in den Fenstern vergleicht, weiß man, wo dasselbe Programm läuft.

Mum ist, erschöpft von der Blitzreinigung, auf dem Sofa eingeschlafen. Seit ich nach Hause gekommen bin, hat sie sich nicht von der Stelle gerührt, und als ich sie nach der Frau von der Behörde gefragt habe, hat sie mich abblitzen lassen und gesagt, ich solle mich um meine eigenen Angelegenheiten kümmern. Ihr Gewicht zieht die Gesichtshaut nach unten und strafft sie. Sie sieht glatt und entspannt aus. Wenn sie so still daliegt, möchte ich ihre Haut berühren, um zu sehen, ob sie sich noch genauso anfühlt, ob sie immer noch so weich und warm ist, wie ich sie in Erinnerung habe.

Ich stelle den Fernseher leiser und lege mich aufs Bett. Mein Blick fällt auf ein zerfleddertes *National-Geographic*-Heft unter dem Bücherregal, doch als ich es aufhebe und zu lesen versuche, komme ich über die erste Seite nicht hinaus. Ich esse um des Essens willen, süße Sachen in knisterndem Papier, die nach Seligkeit riechen und nach Schuld schmecken.

Dann checke ich mein Handy. Tahnee hat sich noch immer nicht gemeldet.

Kurz bilde ich mir ein, Jordans Wagen zu hören, aber als ich am Fenster bin, ist nur noch das schwache Leuchten roter Rücklichter zu sehen.

Plötzlich gibt es einen Knall, und der Strom fällt aus. In den Nachrichten war zwar von geplanten Stromsperren die Rede, aber es könnte auch eine Sicherung sein. Bei dem Gedanken, eine Hand in den von Spinnen bevölkerten Sicherungskasten zu stecken, überläuft es mich kalt. Ich stelle mich erneut ans Fenster. Die ganze Straße ist dunkel. Als die ersten Taschenlampen und Kerzen gefunden sind, tauchen hinter den Vorhängen nach und nach schwache Lichter auf. Die Leute treten auf die Straße hinaus, weil es drinnen nichts mehr zu gucken gibt. Es ist so friedlich, wenn alles angehalten wird. Auch das Summen und Tropfen der Klimaanlagen verstummt, das seit Wochen der Soundtrack des Sommers war.

Mum schläft tief und fest; die plötzliche Stille weckt sie nicht auf. Ich nehme mir eine Dose Cola und gehe auf die Veranda hinaus. Es ist kühler geworden, aber nur ein klein wenig. Ich setze mich und lege die nackten Füße aufs Geländer; der Kunststoffsitz klebt an meinen Schenkeln. Auf der anderen Straßenseite glüht Bennys Zigarette auf, wenn er daran zieht.

Als der Wagen diesmal vorbeifährt, weiß ich,

dass er es nicht ist. Der Motor klingt genauso, aber dieses Auto ist tiefergelegt, hat breite Reifen und seine Rücklichter sehen aus wie schräg gestellte Augen. Es fährt ganz langsam an unserem Haus vorbei, hält aber nicht an. Das könnte Welles sein oder jemand anders, der gehört hat, dass die Jungs in U-Haft sitzen. Also drücke ich mich tief in den Sitz und atme aus, um mich kleiner zu machen. Ich kann Benny nicht erkennen, nur seine Zigarette, dann können sie mich vielleicht auch nicht sehen.

Stromausfälle machen mich immer nervös – in der Dunkelheit tun sich Löcher auf, aus denen Dinge hervorkriechen. Wenn ich allein zu Hause bin und ein merkwürdiges Geräusch höre, drehe ich den Ton immer lauter, nicht leiser. Man kann verrückt werden in dieser Hitze.

Ich gehe ins Haus, schlüpfe aus meinen Latschen und quetsche mich neben Mum in die Sofaecke. Sie bekommt nichts mit, aber ihre Anwesenheit beruhigt mich. Mum ist respekteinflößend, selbst wenn sie nur so daliegt.

Irgendwann schlafen mir die Beine ein.

Dann klingelt mein Telefon, und ich erschrecke mich fast zu Tode. Mum dreht sich auf die andere Seite. Ich drücke das Handy an meinen Bauch, um den Klingelton zu ersticken, und renne in mein Zimmer.

Unbekannte Rufnummer.

»Hallo?«

Knistern und Rauschen.

»Hallo? Wer ist da?«

Nichts, dann das Freizeichen. Ich lege auf. Mir

rauscht das Blut in den Ohren. Draußen schreit der Nachtvogel.

Kurz darauf erhalte ich eine SMS.

Kannst du rüberkommen? Ich drehe hier durch. Dann folgt ein weinendes Smiley.

Das ist nicht Tahnee, es sei denn, sie hat ihre Rufnummer unterdrückt.

Wer schreibt das?, frage ich zurück.

Deine andere Hälfte, lautet die Antwort.

Lola.

Ich schleiche auf Zehenspitzen an Mum vorbei, um meine Flip-Flops zu holen.

Als eine Diele knarzt, öffnet Mum ein Auge. »Wohin gehst du?«

»Nirgendwohin«, lüge ich. »Stromausfall.«

Ich gehe hinten raus. Bevor ich es riskiere, auf die Straße zu treten, klettere ich lieber über den Zaun. Prompt stoße ich mit meinen nackten Beinen gegen die Asbestplatte. Eine Ecke bricht ab. Ich stelle mir vor, wie winzige Fasern durch die Luft schweben und den Weg in meine Lunge finden. Dort werden sie zwanzig Jahre schlummern, bis ich vergessen habe, wie sie da hingekommen sind.

Mücken sirren an meinem Ohr.

Ich klopfe an die Hintertür. Hier wurde offensichtlich mal eingebrochen. Ein Türpfosten ist zersplittert, im Zaun klafft ein quadratisches Loch. Ich höre eine Kette rasseln und dann, wie ein Riegel zurückgeschoben wird.

»Warum kommst du nicht vorne rum?«, fragt Lola.

Wenigstens ist sie diesmal angezogen. Sie trägt kein Make-up; jetzt sehe ich, wie jung sie ist.

»Hallo. Erkläre ich dir später. Kann ich reinkommen? Ich werde zerstochen.«

»Danke, dass du gekommen bist«, sagt sie und sprüht Insektenspray an meinem Kopf vorbei in die Nacht. »Ich hasse die Dunkelheit.«

In einer Ecke flackert ein Kerzenstummel. Sie benutzt ihr Handy als Taschenlampe, um mir den Weg zu weisen, wahrscheinlich weil sie vergisst, dass ihr Haus genauso geschnitten ist wie unseres, nur spiegelverkehrt. Diesmal ist der Geruch noch viel schlimmer. Modrig und alt.

»Arbeitest du denn heute nicht?«, frage ich, und erst als sie raus ist, fällt mir ein, dass die Frage vielleicht nicht allzu höflich ist.

Sie schiebt einen Stapel Kleider vom Sofa und lässt sie auf den Boden fallen.

»Wenn das Telefon nicht funktioniert, kann ich nicht arbeiten. Ich hab eine 0900er-Nummer«, sagt sie, als würde das irgendwas erklären. »Aber auch wenn ich nicht arbeite, kann ich nachts nicht gut schlafen. Meine innere Uhr hat sich verstellt.«

Sie geht in die Küche. Ich höre das Geräusch der Kühlschranktür, dann das Klirren von Glas. Sie kommt mit zwei Flaschen Bacardi Breezer zurück und macht sie an der Tischkante auf.

»Danke.« Ich nehme einen winzigen Schluck. »Was machst du denn genau, wenn ich fragen darf?«

»Zuerst du«, sagt sie, nimmt einen kräftigen Schluck und setzt sich auf den Boden. »Lass mich raten. Du bist Tänzerin. Du hast die Beine dafür.«

»Kalt. Ganz kalt«, antworte ich lachend. Ich würde supergern tanzen können. Aber auch dazu müsste man den Blick in den Spiegel ertragen können.

»Okay. Wie wär's mit ... Dealer.«

»Findest du, dass ich wie eine aussehe, die dealt?« Ich schlucke. Kann es sein, dass sie Bescheid weiß?

»Ach, du weißt schon, ich meine diese Dealer im Casino, die Kartengeber.«

»Wie kommst du denn auf die Idee?«

»Keine Ahnung. Vielleicht weil dein Gesicht selten verrät, was du denkst. Du wärst bestimmt eine gute Poker-Spielerin.«

»Ich gehe noch zur Schule«, sage ich, bevor ich mich noch schlechter fühle, weil ich nichts von all dem bin. »Ich hab noch ein Jahr vor mir.«

»Wow. Muss dir ja richtig gut gefallen in der Schule, wenn du weiter hingehst.«

Ich schnaube verächtlich, und sie prustet los. Sie lacht mit dem ganzen Körper, nicht nur mit dem Gesicht. Als sie die Beine übereinanderschlägt, fällt mir auf, dass ihre Zehennägel lila sind, wie meine.

Es gibt bei ihr nirgendwo Fotos. Nichts, was einen Hinweis darauf geben könnte, wer sie ist oder nicht ist, wenn ich das zarte Nichts von Unterwäsche nicht mitzähle, das ganz oben auf dem Kleiderhaufen auf dem Fußboden liegt. Da ist nur ein billiger Fotodruck von einer griechischen Insel. Darauf diese perfekten weißen Häuser, die aussehen, als würden sie jeden Moment den Hügel runterrutschen, auf dem sie stehen; und lauter einladende, kleine, rechteckige Türen. Ein Ort, an dem das Meer und der Himmel dieselbe Farbe haben. Lolas Sachen fliegen überall rum, als kümmerte es sie nicht, wo sie landen. In einer Ecke stehen ungeöffnete Kisten. Nur der Buddha sieht aus, als wäre er nicht zufällig dort aufgestellt worden.

»Also. Was machst du, seitdem du nicht mehr zur Schule gehst?«, dränge ich sie.

Sie zündet sich eine Zigarette an. »Telefonsex«, verkündet sie dann, als wäre nichts dabei. »Schnell verdientes Geld.« Sie bläst den Rauch auf eine übertrieben höfliche Art von mir weg.

»Wir hören manchmal was«, gestehe ich.

»Ja, tut mir leid. Manchmal schalte ich auf Lautsprecher. Bis du neulich hier warst, hab ich mir gar nichts dabei gedacht. Aber du hast so neugierig geguckt. Willst du noch was?« Sie hat schon ausgetrunken.

Ein Blick auf meine Flasche zeigt mir, dass auch sie schon fast leer ist. Dieses Zeug schmeckt so harmlos wie Limonade. Champagner hat wenigstens einen fiesen Nachgeschmack, der einen daran erinnert, dass da Alkohol drin ist. Meine Arme und Beine fühlen sich leichter an. Das gefällt mir, also nicke ich.

»Was glaubst du, wann der Strom wiederkommt?«

»Das kann Stunden dauern. Aber keine Sorge, ich kann hier bei dir bleiben.«

Der Kerzenstummel ertrinkt fast im eigenen Wachs. Der zweite Drink geht noch leichter runter als der erste. Das Blut fließt nur noch im Schneckentempo durch meine Adern.

»Danke. Ich hasse die Dunkelheit«, wiederholt sie.

Am Ende sitzen wir, die Beine mit den lila Zehennägeln ausgestreckt und auf fast identische Art übereinandergeschlagen, rechts und links auf ihrem Sofa. Ich erzähle ihr von Jordan und seinem Verrat und von dem vorbeifahrenden Wagen, von dem ich annehme, dass er Brant Welles gehört. Von Tahnee und unserem Streit. Ich erzähle ihr auch, dass ich sie Lola nenne, und sie lacht. Es stört sie nicht.

Sie erzählt mir, dass sie noch mal zur Schule gehen will. Sie möchte Krankenschwester werden. Und sie erzählt mir von einem Mann namens Max, der jede zweite Nacht anruft und ihr vier Dollar die Minute dafür zahlt, dass sie ihm zuhört. Er spricht mit ihr, während seine Frau schläft, und sitzt dabei in einem Schrank.

»Was für ein schräger Typ.« Es schüttelt mich.

»Er ist bloß einsam. Man kann nicht viel über einen Menschen sagen, bevor man ihn nicht an einem guten und an einem schlechten Tag erlebt hat«, sagt sie. »Diese Leute sind nicht alle eklig.«

Ich frage mich, wie es ihr gelingt, ihr Leben so positiv zu sehen, wo sie doch im übelsten Haus in der übelsten Straße im übelsten Vorort hockt. Schmutzige Dinge zu fremden Männern sagt und sich deren Probleme anhört. Wie ein Geschöpf der Nacht lebt.

»Ich hasse dieses Leben hier«, sage ich.

Sie nickt und zuckt mit den Schultern. »Ich betrachte einfach alles als vorübergehend. Und guck, manchmal packe ich nicht mal meine Sachen aus.« Sie zeigt auf die Kisten.

»Hast du keine Familie?«

»Nicht hier. Nicht mehr. Sie sind weggezogen,

und ich bin hiergeblieben, weil ich dachte, ich wäre in einen Typen verliebt, aber dann stellte sich raus, dass er ein absoluter Verlierer war.«

»Ja. Das Gefühl kenne ich.«

Lola wird plötzlich ganz still. Sie legt ihre Hand auf meinen Arm, und ihre Stille überträgt sich auf mich.

»Was ist?«, frage ich. Ich höre nichts außer dem Rauschen meines eigenen Blutes und dem Sirren der Mücken.

Sie zeigt zum vorderen Fenster. Ein Schatten huscht vorbei. Das Kratzen von zurückschnellenden Zweigen. Eine Gestalt an der Scheibe.

Ich hatte recht mit den Löchern in der Dunkelheit.

»Da draußen ist jemand«, flüstert sie. »Er ist wieder da.«

Wir halten uns an den Händen wie kleine Kinder und kriechen unter den Küchentisch. Es ist absurd, aber mir ist nach Lachen zumute. Lola hält in der einen Hand ein Messer und in der anderen das Telefon.

»Ich könnte durch die Hintertür verschwinden und Mum holen«, biete ich an.

»Wage es ja nicht, mich allein zu lassen«, sagt sie.

»Wir sind zu zweit. Was kann er schon tun?«

Lola krabbelt über den Küchenboden zur Hintertür. Sie prüft, ob der Riegel vorgelegt ist, und kriecht dann zurück unter den Tisch.

»Lass uns einfach rausgehen und uns umsehen«, schlage ich vor. »Und dabei machen wir extra viel Lärm.«

Ihr Atem geht stoßweise, sie sieht aus wie ein gehetztes Tier.

»Ich kann nicht«, antwortet sie. »Ich kann da nicht rausgehen.«

»Ich schon«, sage ich und richte mich mit wackligen Beinen auf. Vielleicht ist es der Alkohol, der mir den Mut dazu verleiht.

Ich gehe ins Wohnzimmer und nehme die Kerze samt Unterteller in die Hand. Heißes Wachs läuft meinen Daumen entlang und legt sich darüber wie eine zweite Haut. Lola ist hinter mir, ihre Hand auf meinem Rücken. Ihr Messer blitzt im Kerzenlicht.

»Mach die Tür nicht auf, bitte!«, bettelt Lola.

»Alles ist gut, alles wird gut«, lalle ich.

Wir öffnen die Tür und stehen lauschend davor.

»Ich höre nichts.«

»Ich auch nicht.«

»Was ist das?«

Die Flamme flackert in der warmen Brise und geht dann aus. Zu unserer Rechten bewegt sich was, vor Lolas Schlafzimmerfenster. Lola schreit auf. Ich fahre vor Schreck zusammen und werfe die Arme in die Luft. Die Kerze und der Teller landen in den Büschen.

Dann, im gleichen Moment:

»Scheiße, Lola!« Ich.

»Ahhhhh!« Lola.

Dazu ein lautes Aufheulen, gefolgt von knackenden Zweigen und wildem Gefuchtel, als ein Mann aus dem Gebüsch auf die Straße trampelt und sich dabei ins Gesicht schlägt. Er rennt weiter, an den dunklen Laternen vorbei, bis ich ihn nicht mehr sehen kann.

Lola läuft ins Haus, schlägt die Tür zu und lässt mich auf der Veranda stehen. Die Straße ist leer. Ich spüre einen stechenden Schmerz im Rücken.

»Alles okay, Lola, ich hab ihn erwischt«, zische ich durch die Tür. »Er ist weg. Mach auf!« Ich greife nach hinten, um herauszufinden, was da so weh tut. Als ich meine Finger ansehe, klebt Blut daran. »Komm schon, lass mich rein. Ich blute.«

Die Tür geht auf.

Lola ist kreidebleich. »Du bist wohl verrückt geworden!«, macht sie mich an. »Du musst vollkommen übergeschnappt sein!«

»Du hast mich verletzt«, sage ich.

»Mist!« Sie zieht mein Top hoch und untersucht mich. »Ist nur ein Kratzer.«

»Ich müsste mal deine Toilette benutzen.«

»Musst du dich übergeben?«, fragt sie.

»Nein. Vielleicht. Keine Ahnung.«

Der Alkohol lässt mich schweben und macht mich großzügig. Ich würde jedem Penner meinen letzten Cent geben. Vielleicht stehe ich unter Schock.

Während ich auf dem Klo sitze, geht der Strom wieder an, und in der Ferne ist ein Johlen zu hören. Ich blinzele in grelles, weißes Licht. Eine Mücke landet auf meinem Arm, und ich lasse sie trinken. Ich schäle einen Streifen Wachs in der Form von Portugal von meinem Daumen, forme ihn zu einer Kugel und lasse ihn in die Kloschüssel fallen. Auf der Rückseite der Tür hängt ein Kalender, der seit Oktober nicht mehr umgeschlagen wurde. Als meine Augen sich an das Licht gewöhnt haben, lese ich das berühmte Zitat am Fuß der Seite.

Verantwortung: Eine abnehmbare Last, die sich leicht Gott, dem Schicksal, dem Glück, dem Zufall oder dem Nächsten aufladen lässt. Ambrose Bierce

Ich spüle und halte meinen Arm dabei weiter ruhig, bis die Mücke von mir ablässt. Betrunken und schwerfällig fliegt sie davon.

Dann schlage ich das Kalenderblatt von Dezember auf.

Arm ist nicht der, der ohne einen Cent ist, sondern der, der ohne einen Traum ist. Harry Kemp

Da ist noch einer, ein Bonusspruch zum neuen Jahr. Ich reiße das Zitat raus, falte den Zettel zu einem ordentlichen Quadrat und stecke ihn in meine Hosentasche.

Vielleicht ist das ein Zeichen.

14

Am Donnerstagmorgen bin ich ziemlich verkatert, aber Mum zerrt mich aus dem Bett, damit wir im Untersuchungsgefängnis sind, bevor der vormittägliche Ansturm beginnt.

»Schönen Gruß vom Getriebe«, sage ich und verziehe das Gesicht, weil sie den Gang nicht richtig eingelegt hat. »Hier drinnen stinkt's.« Wie bei einer Hexe. Nach Mäusedreck und Krötenschleim. Mir dreht sich der Magen um.

»Dank Mrs Tkautz brauchen wir nicht mit dem Bus zu fahren«, sagt Mum und erklärt mir dann, dass sie zuletzt 1994 ein Auto mit Handschaltung gefahren hat.

Wir sprechen kaum miteinander. Sobald ich den Mund aufmachen würde, käme alles heraus. Ich habe Mum nie wirklich etwas anvertraut; sie ist nicht der Typ Mutter, der zuhört. Sie ist eine Macherin. Erklär ihr das Problem, und sie löst es. Sie schafft es sogar, dass Suspendierungen zurückgenommen werden, meistens für die Jungs. Dafür ist sie berüchtigt.

Vor zwei Jahren kam ich mit einer Suspendierung wegen Rauchens von der Schule nach Hause. Sechs oder sieben anderen Mädchen erging es genauso, weil die Kontrollen der Lehrer während des Sportunterrichts immer besonders erfolgreich sind. Als ich Mum davon erzählte, marschierte sie mit mir zur Schule und verlangte, dass die Suspendierung zurückgenommen wird: Ihre Tochter rauche nicht, daher müsse der Lehrer sich wohl geirrt haben. Sie war peinlich wie immer, aber sehr beeindruckend.

Als wir aus dem Büro des Schulleiters kamen, fragte ich sie: »Woher wusstest du, dass ich nicht geraucht habe?« Ich war wirklich unschuldig, und einen Moment lang dachte ich, sie würde mir vertrauen.

Sie zuckte nur mit den Schultern. »Ich wusste nicht, ob du geraucht hast oder nicht. Aber du kriegst keine zusätzlichen Ferien auf meine Kosten.«

Als wir am Untersuchungsgefängnis ankommen, dreht sie endlose Runden auf dem Parkplatz und wartet auf eine vernünftige Parklücke. Bei der sechsten Runde flippe ich aus.

»Mein Gott, park doch einfach irgendwo und wir gehen zu Fuß, Mum.«

»Für dich mag das ja kein Problem sein, du Klappergestell. Ich wollte eigentlich gar nicht, dass du mitkommst, also halt jetzt einfach die Klappe, okay?«

»Und warum wolltest du es nicht?«

»Weil du die ganze Zeit dasitzen und auf alle herabsehen wirst, wenn wir stundenlang warten müssen.«

»Werde ich nicht«, erwidere ich verärgert.

»Doch, wirst du. Mit mir machst du es doch auch, warum sollte es ausgerechnet den Häftlingen besser ergehen?«

Sie erspäht eine Frau mit einem klimpernden Schlüsselbund und folgt ihr im Schritttempo. Die Frau dreht sich um, sieht sie genervt an und steckt sich eine Zigarette an. Mum wartet geduldig, während die Frau genüsslich an ihrer Zigarette zieht, in die Gegend schaut und uns ignoriert.

»Was hat die denn für ein Problem? Fährt sie jetzt, oder nicht?«

»Sie will dich nur ärgern. Zeig ihr, wo der Hammer hängt, Mum.«

Mum wirft mir einen Seitenblick zu. »Das ist nicht nötig.«

»Das ist nicht nötig«, äffe ich sie in einem gespreizten Tonfall nach. »Wer sind Sie und was haben Sie mit meiner Mutter gemacht?«

»Halt deine verdammte Klappe.«

»Oh, da ist sie ja wieder.«

»Ich mein's ernst. Und wenn wir zu Matty kommen, setzt du gefälligst ein Lächeln auf und schwingst keine großen Reden, verstanden? Sonst erlebst du deinen nächsten Geburtstag nicht mehr.«

»Und was ist mit Dill?«

»Dill ist nicht hier. Er wurde bis zu seiner Vernehmung verlegt. Sie wollen die Jungs offenbar voneinander trennen, weil sie sonst ›kollaborieren‹ könnten.« Sie lässt das Lenkrad los und setzt mit den Fingern Gänsefüßchen in die Luft.

»Glaubst du denn, dass sie bald rauskommen?«

»Vielleicht. Ich weiß es nicht. Diesmal hat jemand gegen sie ausgesagt.«

»Wer denn?«

»Verdammt, Mim, glaubst du nicht, dass ich was unternehmen würde, wenn ich das wüsste?« Sie klingt äußerst angespannt.

Ich halte meine Klappe. Die Frau steigt endlich

in ihre Schrottkarre und fährt rückwärts aus der Parklücke.

Drinnen warten wir im Anmeldebereich, bis wir an der Reihe sind. Ich blättere eine Zeitschrift mit zu gestylten Menschen und zu schönen Dingen durch, während Mum Formulare ausfüllt.

Hier gibt es nur zwei Sorten von Menschen. Kriminelle mit ihren Familien und Leute mit gestärkten Hemden und richtigen Berufen. Ich betrachte meine lila Zehennägel und Mums Achtzigerjahre-Dauerwelle und weiß ganz genau, zu welcher Sorte wir gehören.

Mum reicht mir einen Besucherausweis und sagt mir, dass ich ihn anstecken soll. Sie stößt mich an, weil ich einen Mann ohne Schuhe und ohne Hoffnung anstarre, der den leicht weggetretenen Gesichtsausdruck eines schweren Alkoholikers hat.

Es ist keineswegs so, dass ich arme Leute hasse. Oder Leute, denen das Leben übel mitspielt. Ich hasse es, selbst arm zu sein. Nach meiner Erfahrung sorgt Armut dafür, dass Leute Dinge tun, die sie nicht tun wollen. Wer da nicht rauskommt, bleibt ohne Ziel und bringt seinen Kindern bei, das Gleiche zu tun, und so entsteht ein ewiger Kreislauf. Ich hasse es, dass ich darum kämpfen muss, hier rauszukommen; es hält dir niemand die Tür auf und wünscht dir eine gute Reise. Das würde bedeuten, dass es einen Ausweg gibt. Die Sache ist die: Die Armutsgrenze ist nur eine Sprosse auf einer Leiter, die zu erklimmen manche Leute einfach nicht schaffen. Es gibt niemanden über ihnen, der ihnen seinen Fuß auf den Kopf stellt.

Wir warten zwei Stunden lang. Die Wände sind

nackt und grau. Ich hole mir einen Becher Wasser aus dem Wasserspender, aber es schmeckt warm und nach Plastik. Ich schaue jede Minute auf mein Handy für den Fall, dass der Klingelton nicht funktioniert, aber es passiert nichts.

Tahnee muss echt stinksauer auf mich sein. Anruf-Entzug ist Folter. Ich kann mich nicht überwinden, ihr noch eine SMS zu schicken, und ich wüsste auch gar nicht, was ich sagen könnte, damit sich die Lage zwischen uns wieder entspannt.

Wir werden in einen anderen Raum gerufen. Einer der Männer mit den gestärkten Hemden nimmt unsere Taschen und bittet uns, die Hosen- und Jackentaschen auszuleeren. Wir gehen durch einen Metalldetektor, wie es sie am Flughafen gibt.

Diese ganzen Kontrollen bewirken, dass man sich schuldig fühlt. Mum sagt nichts. Sie kennt die Prozedur schon.

Schließlich werden wir in einen Bereich mit Tischen und Stühlen geführt. Als Matt reinkommt, überrascht es mich, wie klein er aussieht. Er ist ein großer Kerl, stämmig wie Mum und gut eins dreiundachtzig. Dill ist sogar noch größer, obwohl er jünger ist. Diese grauen Räume haben Matt schrumpfen lassen und alle Farbe aus ihm gesogen.

»Na, wie geht's meinen Mädchen«, sagt er, aber es ist keine richtige Frage. Als er sich setzt, quillt er regelrecht über die Ränder des Klappstuhls.

»Gut, gut, uns geht's allen gut«, erwidert Mum, aber es ist keine richtige Antwort. »Und dir?«

»Kann nicht klagen. Das Essen ist mies, aber wir kriegen die Wäsche gebügelt.«

Es kommt mir so vor, als würden sie sich in einer Art Code unterhalten. Sonst reden wir jedenfalls nie so miteinander. Zu Hause blaffen sich alle nur an. Da wird gepöbelt und gepoltert, gerotzt und gemotzt.

»Wie lange haben wir Zeit?«, frage ich, weil mir nichts anderes einfällt.

»Eine halbe Stunde.«

Ich glaube nicht, dass ich ihnen eine halbe Stunde dabei zusehen kann, wie sie so umeinander rumschleichen. Normalerweise dauert's keine fünf Minuten, bis sie sich fetzen, dass die Wände wackeln. Eigentlich wundert's mich manchmal, dass in unserem Haus noch keine Risse in den Wänden sind.

»Wie geht's dem Kleinen?«, fragt Matt.

»Er hat einen Namen«, stichelt Mum.

»Ja, ja, ich weiß.«

»Er ist jetzt wieder bei ihr, aber nur vorläufig. Ich glaube, sie kommt nicht allzu gut klar.«

»Wie auch. Die hat doch 'nen Knall.«

»Was dich aber offenbar nicht davon abgehalten hat, sie zu knallen«, schnaubt Mum.

»Jetzt mach aber mal 'nen Punkt, Mum. Ich weiß ja nicht mal, ob's von mir ist.«

Bevor Mum zum nächsten Schlag ausholen kann, sage ich: »Er hat aber deine Ohren.« Und Finger. Wie meine Brüder es schaffen, kleine Ausgaben von sich in die Welt zu setzen und nicht komplett verrückt nach ihnen zu sein, ist mir ein Rätsel.

»Halt du dich da raus, Mim. Was weißt du schon?«

»Wetten, dass ich deinem Kind schon öfter den Arsch abgewischt habe als du?«, gifte ich zurück.

»Ja, ja. Geh und spiel mit deinen Puppen oder was auch immer du so treibst, Prinzessin«, sagt Matt. »Oder lass dich mal ordentlich durchvögeln.«

Ich werde wütend. »Was glaubst du eigentlich, wer sich um deinen Scheiß kümmert, während du hier drinnen festsitzt, Einstein? Du könntest verdammt noch mal ein bisschen dankbar sein.«

»Wie meinst du das?« Er wendet sich an Mum. »Wie meint sie das? Du hast doch gesagt, du würdest nichts unternehmen, bis ...«

»Hab ich auch nicht. Und hört auf zu streiten, alle beide«, sagt Mum. »Ihr seid doch keine Kinder mehr, verflucht. Ich verliere auf einen Schlag meine gesamte Familie.« Sie schüttelt den Kopf und legt die Hände vors Gesicht, ihr massiger Körper zuckt. Als sie wieder aufschaut, sind ihre Augen feucht.

»Ich gehe nirgendwo hin.« Ich lege ihr meine Hand auf den Arm. Die beiden wechseln einen vielsagenden Blick, aus dem ich nicht schlau werde, und ich fühle mich überflüssiger denn je.

»Halt einfach den Mund, Mim.«

»Halt doch selbst den Mund.«

»Seid still, alle beide«, sagt Mum resigniert.

»Ich will doch nur helfen«, protestiere ich. »Es passiert ein Haufen Mist, und keiner erklärt mir irgendwas.«

»Weil du eben nichts zu wissen brauchst, Prinzessin«, sagt Matt und lehnt sich mit dem Stuhl zurück.

Im Stillen wünsche ich mir, dass die Stuhlbeine wegknicken, damit er mit seinem Dickschädel gegen die graue Wand kracht.

»Und was, wenn ich helfen könnte?«

»Du kannst helfen, indem du im Schuppen für mich saubermachst. Für Mum ist es da zu eng.« Er zwinkert mir zu.

Ich verstehe. Ich soll im Schuppen saubermachen. Das Zeug unter die Leute bringen. Nur dass da kein Zeug ist.

»Klar, kann ich machen«, sage ich. Ich frage mich, ob ich schuldbewusst aussehe, ob sich ein schlechtes Gewissen in den Augen widerspiegelt wie Traurigkeit, Erschöpfung oder gute Laune. Ich blinzele und schaue mich im Raum um, aber hier drinnen gibt es nicht viel zu sehen. »Ich warte draußen auf dich, Mum. Bis dann, Matt.«

Draußen setze ich mich auf eine niedrige Mauer. Ich wünschte, ich würde rauchen oder an den Fingernägeln kauen, dann wären meine Hände beschäftigt. Stattdessen reiße ich einen Palmwedel in Streifen, lege sie zwischen meine Daumen und pfeife darauf.

Der hoffnungslose Säufer ohne Schuhe kommt aus dem Haupteingang; er zieht das rechte Bein nach. Seine Manteltaschen sind ausgebeult. Er starrt mich an.

Ich sehe zuerst weg. Blöder alter Säufer.

Ich pfeife weiter; weil der Streifen so breit ist, kommt ein tiefer Ton.

Der Mann pfeift zurück und trifft genau den gleichen Ton, er nähert sich mir.

Als ich den Streifen halbiere, kommt ein ganz

hoher, quietschender Ton raus, wie wenn man die Luft aus einem Ballon lässt und dabei die Öffnung unten auseinanderzieht.

Er trifft auch diesen Ton.

Ich bewege die zusammengelegten Hände beim Pfeifen, und der Ton vibriert wie bei einer Mundharmonika.

Er macht dasselbe. Und kommt noch ein Stück näher.

Wir pfeifen zusammen. Leute bleiben stehen und bestaunen unsere Katzenmusik. Wenn ich einen Hut hätte, würde ich ihn auf den Boden legen und die Münzen klimpern hören.

Ich muss grinsen, und schon kommt nur noch heiße Luft raus. Er grinst auch. Wir stehen da, zwei Fremde, die sich angrinsen und zusammen in die Luft pusten. Stilles Pfeifen.

Sein Atem riecht nach Toffee.

Er zieht ein Heftchen aus der Tasche. Knotige alte Hände streichen andächtig das Deckblatt glatt. Er reicht es mir. Ein *Wachtturm*-Heft. Vorne drauf sind dunkeläugige Kinder mit aufgeblähten Bäuchen zu sehen, die wässrigen Reis essen.

Als Mum ganz verschwitzt und aufgeregt rauskommt, springe ich von der niedrigen Mauer.

»Wo habe ich geparkt?«

Ich zeige auf die Stelle.

»Was ist das denn?« Sie weist mit dem Kinn auf das Heft.

»Das hat mir ein alter Mann geschenkt.« Ich klemme es mir unter den Arm.

»Und was hast du gemacht?«

»Straßenmusik.«

Sie starrt mich an und schaut dann nach unten. »Wo sind denn deine Schuhe?«

Meine Füße sind nackt und braun mit hellen v-förmigen Streifen. Ich zeige noch mal zum Auto.

Als wir an der Fußgängerampel warten, steht dort ein alter Mann mit einem ausgebeulten Mantel und pinkfarbenen Flip-Flops.

15

Zu Hause angekommen, setze ich mich im Garten auf den Rasen, oder was davon noch übrig ist, und höre mir über meine iPod-Dockingstation Kates Musik an. Das Gras ist kurz und stoppelig wie ein rasierter Schädel, und die spitzen Halme stechen durch mein Strandlaken.

»Das ist ja mal eine nette Abwechslung«, sagt Mum und meint die Musik. Sie hängt schäbige alte Geschirrtücher auf die Wäscheleine. »Ich hoffe, du hast dich mit Sonnencreme eingeschmiert.«

»Dieses Mädchen wird eines Tages berühmt«, sage ich.

»Wer ist es denn?«

»Niemand, den du kennst.«

»Möchtest du das auch? Berühmt werden?«

»Nein, natürlich nicht. Das ist nicht so einfach.«

»Was möchtest du denn?«

Normalerweise macht sie sich über so schwammige Dinge wie Träume, Ziele oder Wünsche keine Gedanken. Unkonkretes, Nicht-Greifbares ist nicht ihre Welt. Mum kann nur mit Dingen umgehen, die sie in Ordnung bringen oder kaputt machen kann.

»Ich meine es ernst. Was wurdest du machen, wenn du es dir aussuchen könntest?«

»Du willst über so was reden?«

»Ja, will ich.« Sie geht in die Hocke und stützt sich am Pfosten der Wäscheleine ab.

Das ist hart. Tiefe und bedeutende Gespräche sind einfach nicht unser Ding. Wenn ich als kleines Kind einen Splitter im Fuß hatte, hat sie an der Stelle herumgestochert und gebohrt, bis es ein großes, blutendes Loch war. Ich bin mir sicher, dass sie weitergemacht hat, auch wenn der Splitter schon draußen war. Und genauso fühlt es sich jetzt an. Als stocherte sie in mir herum. Als wartete ich auf den Schmerz, müsste aber ganz stillhalten.

»Ich kann nicht erklären, was ich will.«

»Versuch es.«

»Ich möchte einfach wissen, dass es außer *dem hier* noch was anderes gibt.«

»Und mit *dem hier* meinst du ...« Sie wartet.

»Na, das. Ich hab schon tausend Mal hier gesessen, während du über mir Wäsche aufgehängt hast. Es ist jeden Sommer dasselbe. Hier ändert sich nie was.«

»Na dann, hier!« Sie wirft mir ein nasses Handtuch zu.

»Was?«

»Ändere was. Häng du die Wäsche auf, und ich fläze mich auf dem Rasen«, sagt sie, als wäre das eine super Idee.

»Nein danke. Kein Bedarf.« Ich halte mir den Arm vor die Augen und hoffe, dass sie weggeht. »Ich weiß nicht, was du hören willst.«

»Du könntest zum Beispiel damit anfangen, dass du mir erklärst, warum mein Bratspieß in deinem Globus steckt«, sagt sie.

»Willst du ihn zurückhaben?«

»Nein, ich will wissen, warum du einen unschuldigen Globus damit aufspießt.«

»Ich wollte den Punkt finden, der am weitesten von dir entfernt ist. Zufrieden?«, fauche ich sie an.

»Da hast du dich aber verrechnet. Du bist in Frankreich gelandet, in Paris. Der weiteste Punkt wäre Teneriffa oder irgendwas in der Richtung.«

Ich starre sie an. Um das zu wissen, muss sie sich auf mein Bett gestellt, ihre Brille aufgesetzt und den Globus inspiziert haben. »Genau genommen liegt er mitten im Ozean. Aber Frankreich ist weit genug weg, und es gibt da besseren Kaffee.«

»Ja, Frankreich ist ziemlich weit weg«, sagt sie und reibt sich mit einer Faust das Auge. »Glaubst du wirklich, dass das Leben für andere Leute anders ist, Mim? Das Leben ist genau das hier, mein Mädchen. Überwiegend banaler, langweiliger Kram.«

»Dein Leben ist eben ätzend.«

»Nein, du glaubst nur, dass mein Leben ätzend ist. Ich mag mein Leben. Vielleicht gibt es noch mehr, vielleicht auch nicht, aber ich hab Zeiten erlebt, in denen ich weitaus weniger hatte, und im Augenblick ist mein Leben ziemlich gut.«

»Ich will dein Leben nicht.« Heißt übersetzt: Ich will nicht so enden wie sie. Fett und vierzig. Manchmal ertrage ich es nicht, sie anzuschauen.

»Du musst ja nicht hier bleiben. Niemand zwingt dich«, sagt sie herausfordernd.

»Gut.« Ich weiß, dass ich wie ein kleines Kind klinge. Um das Maß vollzumachen, schiebe ich auch noch die Unterlippe vor. »Sobald ich Auto fahren kann, bin ich nämlich hier weg.«

»Als ob ich das nicht wüsste«, sagt sie, und als sie aufzustehen versucht, machen ihre Knie ein schmatzendes Geräusch. »Nicht mehr lange, und es ändert sich hier einiges.« Sie hebt eine Hand, um ihre Augen vor dem Licht abzuschirmen.

»Das sagst du andauernd.«

»Hast du eine Nerv-Pille eingeworfen oder so was? Ich weiß wirklich nicht, was mit dir los ist.«

»Ich hasse es hier.«

»Das sagt *du* andauernd«, faucht sie und dreht mir den Rücken zu.

Ich lege mich ins Gras und stelle die Musik lauter. Ich hasse es, dass ich sie hasse. Ich fühle mich klein und gemein. Missmutig. Der Sommer meines Missvergnügens. Klingt tiefsinnig, trifft aber nicht ganz das, was mich umtreibt.

Ich liege so still da, dass die Ringeltaubenfamilie in der Nähe landet. Sie picken hektisch auf dem harten Boden herum. Die Jungen haben noch immer diese großen Augen und flaumigen Federn. Sie suchen nach Futter und warten auf den Warnruf der Eltern. Schon bald werden sie auf sich gestellt sein.

Ich schließe die Augen und schwebe durchs Land der süßen Träume.

»Du holst dir noch einen Sonnenbrand«, sagt Kate irgendwo über mir. Ich öffne ein Auge und blinzele in ihren Heiligenschein.

»Hallo. Was gibt's?« Ich setze mich auf und stelle die Musik aus. Ich bin peinlich berührt, als hätte sie mich dabei erwischt, wie ich ihre Schubladen durchwühle.

»Ich weiß, du hast gesagt, du hättest zu tun. Ich bin einfach losgelaufen und dann irgendwie hier gelandet. Ich hab meine Musik gehört«, sagt sie.

»Ich *hatte* zu tun«, sage ich und klinge, als fühlte ich mich ertappt. »Ich hab meinen Bruder im Gefängnis besucht.«

»Oh.« Sie wird rot.

»Ist schon okay. Jetzt hab ich ja gerade nichts vor.«

Sie setzt sich auf das untere Ende meines Handtuchs und zupft an den ausgefransten Ecken herum. Lange Shorts, Trägertop, Gladiatorsandalen. Pferdeschwanz. Sie trägt wieder ihren alten Stil. Ihre Zehennägel sind sauber und kindlich. Die Haare an ihren Beinen sind ganz fein und fast unsichtbar; nicht so hässlich, wie wenn sie nach dem Rasieren nachwachsen.

»Tut es weh?« Ich hebe ihr Shirt hinten an und werfe einen Blick unter den Verband. Die Haut darunter ist rosarot und voller kleiner Bläschen.

»Nicht besonders.«

»Bereust du, dass du es gemacht hast?«

»Nein. Aber es fühlt sich schon ein bisschen komisch an.« Sie verzieht das Gesicht.

»So als müsstest du dich jetzt ganz neu darum herum erfinden?« Ich weiß, was sie meint. So geht es mir mit den Regeln. Als würden sie mich definieren.

»Ja! Genau so fühlt es sich an! Weißt du, ich wünschte, wir wären schon vor Jahren Freundinnen geworden.«

»Ach was! Ich hatte nur einen schlechten Einfluss auf dich gehabt.«

»Und was ware daran so schlimm?«

»Bleib lieber, wie du bist, Kate.« Ich seufze. »Durchgeknallte Künstlertypen gibt es genug. Aber ich kenne kein einziges Nerd-Mädchen, das am laufenden Band so coole Musik produziert wie du. Das bist du. Sei einfach du selbst.«

»Du klingst so weise.« Sie schlägt die Beine übereinander wie ein Vorschulkind.

»Ich bin nicht weise. Ich weiß nur, dass es nichts bringt, wenn man versucht, etwas zu sein, das man nicht ist. Es ändert nichts. Du bist, wer du bist.«

»Was wirst du tun, wenn du mit der Schule fertig bist?« Kate schiebt ihre Träger nach unten und schielt auf ihre Schultern. Sie sind schon jetzt leicht gerötet.

Ich muss überlegen, was ich ihr antworten soll. Wie erklärst du jemandem, dass du darauf wartest, dass das Schicksal dir ein Zeichen gibt? Wie erklärst du das jemandem, der schon genau weiß, welchen Weg er gehen will?

»Ich hab noch nicht richtig darüber nachgedacht. Ich bin nicht so talentiert wie du«, gestehe ich.

»Du hast gute Noten. Und du magst Bücher, die ich nicht mal verstehe. Ich glaube, du traust dir einfach nicht genug zu.«

»Ich hab durchschnittliche Noten, und ich bin weder musikalisch, noch kann ich gut mit Zahlen umgehen oder so was. Die Bücher lese ich, weil sie von anderen Leben an anderen Orten handeln. Das Leben anderer Leute ist so viel interessanter.«

»Aber du hast doch sicher irgendeine Idee?«, hakt sie nach.

Was kann ich ihr schon sagen? Dass ich von anderen Welten träume, von Orten, die ich nur aus Büchern oder Dokumentarfilmen kenne? Ich lese Lonely-Planet-Reiseführer, bis sie fast auseinanderfallen. Ich schmücke Landkarten mit Textmarker-Kringeln und Fähnchen. Ich habe eine Top-

Ten-Liste mit Lieblingsreisezielen, die sich jedes Mal ändert, wenn ich wieder ein Reisemagazin im Fernsehen sehe. Ich habe Gedanken, Gerüche und Geräusche im Kopf, die mir zum Greifen nah erscheinen und die wie Echos aus einem früheren Leben sind. Ich will Schnee essen. Ich will eine Wildwassertour machen und einen Wasserfall runterfahren. Ich will mir eine Maske aufsetzen und Karneval feiern. Ich will in einem Kibbuz leben und auf dem Toten Meer treiben. Ich will, dass mir ein Fremder mit dunklen Augen auf Spanisch sagt, dass ich schön bin. Ich will in Frankreich, Ägypten, Prag oder sonst wo leben. Überall, nur nicht hier. Ich will.

»Ich möchte eines Tages reisen«, sage ich. Da sind sie, die Worte, die alles bedeuten und nichts. Sie hängen lahm in der Luft, weil ich einfach keinen Plan habe.

Ein nachmittäglicher Pendlerzug rast vorbei, und der Rauch hängt im Garten wie giftiger Nebel. Wir halten uns die Nasen zu und atmen durch den Mund, aber der Rauch schmeckt fast genauso schlecht, wie er riecht. Die Vögel fliegen auf und kehren nicht zurück.

»Komm mit rein«, sage ich. »Ich hole uns was zu trinken.«

Zu spät fällt mir ein, dass Mum drinnen ist. Sie kommt in die Küche, eine riesige, watschelnde Erscheinung, neben der ich mich klein fühle. Es waren gar nicht die grauen Wände, die Matt so klein wirken ließen. Es war Mum. Sie kann so was.

Ich nehme zwei Dosen Bitter Lemon aus dem Kühlschrank.

»Das ist Kate«, sage ich in der Hoffnung, dass sie sich damit zufriedengibt.

»Hallo, Mrs Dodd.«

»Ach, nenn mich nicht so, Liebes. Alle nennen mich Mama Dodd.«

Kate lächelt und nickt. Sie macht ihre Dose auf und schlürft wie ein Kind.

»Du bist aber nicht ihre Mutter«, sage ich.

Mum wird ganz still.

Ich warte. Mich in meine Schranken zu weisen ist eine ihrer Lieblingsübungen. Vorzugsweise vor anderen. Aber: nichts. Ihre neu entdeckte Zurückhaltung zeigt Wirkung. Sie sagt Kate, wie sehr sie sich freue, sie kennenzulernen, wirft mir einen vernichtenden Blick zu und watschelt wieder raus.

Drei zu null. Ich könnte mich daran gewöhnen.

In meinem Zimmer steht Kate verlegen rum, bis ich einen Platz zum Sitzen freigeräumt habe.

»Deine Mum scheint nett zu sein«, sagt sie.

»Nett. Das Wort benutzen wir normalerweise nicht, um sie zu beschreiben.« Ich schiebe Bücher und Kleider und Papier in der Geisterecke zu einem Haufen zusammen. Ich war noch nie ordentlich. Unordnung fällt mir nur dann auf, wenn jemand anders sie sieht.

»Du weißt schon, wie ich das meine. Sie ist irgendwie knuddelig. Als könnte man sich auf ihren Schoß setzen und ihr das Herz ausschütten.«

»Wir reden nicht viel.«

»Meine Mum ist immer zu beschäftigt, mit ihrer Arbeit und anderem Kram. So war es eigentlich schon immer.« Sie setzt sich, spielt mit ihrem Pferdeschwanz und wickelt ihn dann zu einem Ballerinaknoten auf.

»Kann ich dich was fragen?«, sage ich.

»Klar, schieß los.«

»Wie sehr wünschst du es dir? Berühmt zu werden oder was auch immer. Das wünschst du dir doch, oder?«

Sie denkt nach und kaut auf ihrer Unterlippe. »Weißt du noch, wie du geguckt hast, als du meine Musik gehört hast? Und dann, als du gecheckt hast, dass sie von mir war?«

Ich nicke. »Erst war ich völlig hin und weg und dann hat's mich umgehauen.«

»Ja«, sie lächelt. »Genau. Solche Gesichter möchte ich noch mal sehen. Noch ungefähr eine Million Mal in meinem Leben.«

»Könntest du das? Vor Leuten auftreten?« Ich könnte es nicht. Ich würde ohnmächtig werden oder mich übergeben oder von der Bühne fallen.

»Ich könnte es, wenn ich so tun würde, als wäre ich jemand anders. Du, zum Beispiel.«

Wenn ich sehe, wie offen und ehrlich Kate ist, komme ich mir wie eine Betrügerin vor. Schließlich habe ich versucht, mich auf dem Umweg über sie an Jordan zu rächen. Schuldgefühle lasten wie Blei auf mir, aber ich habe eine Idee, wie ich das alles wieder in Ordnung bringen kann. Ich könnte ihr helfen. Ich könnte ihr das geben, was sie möchte, wenn sie mutig genug ist, zuzugreifen.

»Warte hier. Ich möchte dir was zeigen«, sage ich.

»Okay.«

Sie nimmt eins meiner Reisemagazine und

schlägt die Seiten auf, die ich mit Post-its markiert habe. Ich bin sicher, sie wird sich fragen, warum ich die mit den Hochglanzfotos von makellosen Stränden und Fünfsternehotels übersprungen habe. Ich fühle mich zu den düsteren, abseitigen Orten hingezogen. Es gibt ein Foto von einem Zug, der in den Dreißigerjahren einfach irgendwo stehen geblieben ist und dort zurückgelassen wurde; später ist um ihn herum eine ganze Stadt entstanden. Oder ein Pfeife rauchender Affe in einem Tempel. Dunkelhäutige Kinder, die in Straßenfurchen herumplanschen, die so tief sind, dass sie darin schwimmen können. Ein Künstler am Seine-Ufer, der eine verwelkte Schönheit malt, die zu viel Make-up und einen toten Fuchs um die Schultern trägt. Der Künstler hat sie viel jünger gemalt. Ich frage mich, ob die Frau sich über diesen Schwindel gefreut hat und ob sie jemals genau genug hingesehen hat, um zu bemerken, dass er dem Fuchs traurige Augen gegeben hat.

Ich gehe ins Wohnzimmer und suche in einem Stapel CDs. Wo ist sie bloß? Mums Achtzigerjahre-Musik liegt obenauf. Sie hat mal wieder alten Zeiten nachgehangen. Fast ganz unten in dem Stapel finde ich, wonach ich suche: eine Compilation, die ein befreundeter DJ für mich zusammengestellt hat. Er legt freitags in einem Club auf, in den Tahnee und ich früher häufig gegangen sind.

»Möchtest du zum Abendessen bleiben?«, rufe ich in der Hoffnung, dass Kate Nein sagt; bei uns gibt es nämlich gar kein richtiges, gemeinsames Abendessen. Wir laden uns die Teller voll, suchen uns jeder eine Ecke und schauen fern. Entsprechend beschränken sich unsere Gespräche dann auf »Kann ich mal die Sauce haben?« und »Gib mir mal die Fernbedienung«.

»Kate?« Keine Antwort. »Möchtest du zum ...?«

Plötzlich steht Kate mit den Händen in den Hosentaschen vor mir. »Ich muss gehen.«

»Schau mal, das ist ...«

»Ich muss nach Hause.«

Ich halte ihr die CD hin, aber sie ignoriert sie. »Hör sie dir doch einfach mal an, wenn du ...«

»Tschüs, Mim.« Sie guckt mich nicht an. Sie geht durch die Haustür und lässt sie hinter sich zufallen.

Was zum Teufel ist denn mit der los?

Mum kommt aus ihrem Zimmer und nimmt ihren Stammplatz auf dem Sofa ein. »Ist Kate gegangen?« Sie hält eine ungeschälte Karotte in der einen Hand und eine Selleriestange in der anderen.

»Sieht so aus.«

»Scheint ein nettes Mädchen zu sein.«

Das ist zu viel. »Ja, sie ist auch nett«, gifte ich zurück. »Ich könnte auch nett und süß und talentiert sein, wenn ich mehr Glück mit meinen Genen und meinem Geburtsort gehabt hätte. Sie ist schon als Scheiß-Engel geboren. Aber ich«, rufe ich und bohre den Finger in meine Brust, »ich muss mich anstrengen dafür.«

»Uuuuh, so hab ich dich ja schon lange nicht mehr fluchen hören. Willkommen zurück, Jemima Dodd«, sagt Mum mit einem hinterfotzigen Grinsen. »Du warst ganz schön lange weg.«

»Ach, leck mich, Mum«, sage ich und muss auch grinsen.

Ich nehme die CD mit in mein Zimmer und schleudere sie aufs Bett wie eine Frisbeescheibe. Sie landet neben einem Stapel Karten. Valentinskarten.

Ich stöhne auf. Dann sammle ich die Karten ein und öffne die rote, die allererste, die ich ihm geschickt habe. Als ich den kitschigen Vers darin lese, winde ich mich vor Scham.

Ich sehe dich und träum vom Glück
In deinen lieben Armen.
Ich sehe dich und bin entzückt
Und hoffe auf Erbarmen.
Ich sehe dich und sehne mich
Nach dir den ganzen Tag.
Ich sehe dich und liebe dich,
Wie's niemand sonst vermag.

Irgendein Mädchen

Kate weiß von den Karten und dass ich es war, die sie ihm geschickt hat. Warum sollte sie sonst sauer sein? Und jetzt weiß sie auch, dass ihre neue Freundin ein Geheimnis hat und Hintergedanken und dass sie gewissenlos ist. Mit dem Gewissen hat sie allerdings unrecht. Zumindest das habe ich.

16

Am Freitagmorgen bin ich müde und empfindlich, als würden alle meine Nerven bloßliegen. Während der Nacht habe ich einige SMS an Tahnee und Kate geschrieben, aber alle wieder gelöscht, ohne sie abzuschicken. Eine SMS hat keine Seele, ganz gleich, wie man die Kommas hin und her schiebt.

Weil Mum mich bittet, Brot und Milch einzukaufen, quäle ich mich aus dem Bett. Unser Waffenstillstand ist nicht allzu stabil, aber willkommen. Ich weiß, dass noch größere Einsamkeit droht, wenn ich es zu weit treibe.

Eigentlich will ich das Rad nehmen, ertrage aber den Anblick nicht und gehe zu Fuß. Der Morgen glüht und flimmert vor Hitze, und als ich aus dem Laden trete, fühle ich mich schon wieder reif fürs Bett.

Niemand bemerkt, dass Brant Welles oben an der Straße neben mir hält. Es ist derselbe Wagen, der am Mittwoch, in der Nacht des Stromausfalls, bei uns vorbeigefahren ist. Tiefergelegt und katzengleich. Der Motor tuckert, und der Auspuff stößt so viel Hitze aus, dass er auf jeden Fall zur globalen Erwärmung beiträgt. Die Leute gehen ihren Geschäften nach. Ich bin nur ein x-beliebiger Teenager, der mit einem Typen redet, dessen Auto zu viel Lärm macht.

Ich beschleunige meinen Schritt und drücke meinen Geldbeutel und auch die Tasche mit Mums Brot und Milch fest an mich.

»Oh mein Gott, da ist ja Jemima Dodd!«, sagt er, als wäre er überrascht, mich zu sehen.

Dann lacht er über seinen eigenen Reim und schnippt eine brennende Kippe aus dem Fenster. Er hat breite Schultern, und sein Hals und eine Gesichtshälfte sind mit Maori-Tattoos bedeckt. Er lässt den Wagen ganz langsam neben mir herrollen und bremst dann. Ein großer Typ auf dem Beifahrersitz, den ich nicht kenne, steigt aus und klappt den Sitz nach vorn.

»Steig ein«, befiehlt Welles.

»Nein, danke.« Ich sehe mich schon gefesselt und mit einer Socke geknebelt im Kofferraum liegen.

Als ich neun war, ist ein zwölfjähriges Mädchen namens Ashley Cooke aus unserer Straße verschwunden. Die Leute wissen noch ziemlich genau, was sie anhatte, von ihrem gelben Haargummi bis zu ihren grünen Billabong-Latschen. Irgendwer erinnerte sich, dass sie im Laden eine Pepsi gekauft hatte. Ein anderer sagte, er hätte sie die Enten am See mit Brot füttern sehen. All diese Details beziehen sich auf das Davor, aber nichts davon auf den Moment, in dem sie verschwand. *Simsalabim.* Und weg.

Jetzt sehe ich, wie das geht. Es guckt nicht mal jemand.

»Ich schreie«, sage ich und klinge dabei, als würde mich jemand würgen. Ich bekomme nicht genügend Luft.

»Wenn du dein Paket zurückhaben willst, steig ein«, sagt er. »He! Sag ihr, dass sie einsteigen soll, ja?«

Er spricht mit jemandem auf dem Rücksitz.

Ich gehe weiter, höre aber Jordans Stimme.

»Steig ein. Wenn du dein Paket willst, komm jetzt. Es ist in Ordnung.«

Ich bleibe stehen. Wieder halte ich an, obwohl sich eigentlich alles in mir dagegen sträubt. Der Typ vom Beifahrersitz packt mich und zerrt mich mühelos zur Tür. Ich lasse die Tasche fallen; die Milchtüte platzt auf, und Milch ergießt sich in den Rinnstein. Der Komplize setzt seinen Stiefel auf meinen Hintern und schiebt mich in den Wagen. Mit dem Gesicht voran lande ich in Jordans Schoß.

Jordan hilft mir, mich aufzusetzen. »Schnall dich an«, raunt er mir zu, als würde es ihn kümmern, was mit mir passiert. »Der fährt wie ein Wahnsinniger.«

Das Auto setzt sich wieder in Bewegung, und ich sehe Leute durch die getönten Scheiben. Leute, die mich aber nicht sehen. Ich könnte verschwinden wie Ashley Cooke, und wenn ich Glück habe, berichten nachher vielleicht ein paar Zeugen, dass ich Brot und Milch gekauft habe. Unter diesen Umständen kommt mir das Paket plötzlich völlig unwichtig vor.

»Wohin fahren wir?«, frage ich mit quietschender Stimme.

»Jordy sagt, du willst dein Zeug zurück.«

»Ja«, flustere ich und räuspere mich dann. »Ja.«

»Ist es das hier?«

Er hält das Paket hoch. Es ist definitiv dasselbe Paket, und abgesehen davon, dass es an einer Seite ein wenig aufgerissen ist, scheint es mehr oder weniger intakt zu sein. Ich kann nicht fassen, dass er noch nicht alles vertickt hat. Er muss auf irgendwas anderes aus sein.

»Was ist denn so wichtig an dem Scheiß? Du musst es ja wirklich dringend zurückhaben wollen, wenn du schon anfängst, nach mir zu fragen.«

Welles brettert durch eine Kurve, und ich lande erneut in Jordans Schoß. »Aber wenn du es so dringend haben willst, was springt denn dann für mich raus?«

Dreckiges Lachen von vorn. Jordan ist ganz still.

»Ich würde sagen, für dich springt raus, dass du weiter gesund und munter vor dich hin leben kannst«, antworte ich.

»Mensch, sei kooperativ. Tu, was er sagt«, ermahnt Jordan mich kopfschüttelnd.

»Du riskierst hier ja eine ganz schön dicke Lippe. Dabei sind deine Brüder für eine Weile schachmatt gesetzt, hab ich recht?«, sagt Welles spöttisch. »Die kreuzen so bald nirgendwo mehr auf. Wie sich rausstellt, haben die Bullen nämlich einen Informanten. Einen, der über ihre kleine Aktion Bescheid weiß.«

In meine Angst mischt sich glühender Zorn. »Du guckst zu viele Krimis. Und wenn du dahintersteckst, kriegen sie es eh raus, du Schwachkopf.«

Ich höre, wie Jordan den Atem anhält, als der Wagen ruckartig zum Stehen kommt.

Welles dreht sich um, boxt blindlings über seinen Sitz hinweg nach hinten und verfehlt nur knapp meinen Kopf.

»Mann, beruhig dich! Das ist doch nur ein Mädchen«, kommt es von Jordan.

Ich kauere mich hinter den Sitz und verfluche meine große Klappe.

Welles packt meine Haare. »Du wirst jetzt zu Teeney Fucker gehen und ihm sagen, dass du eine Tour als Kurier machst. Du holst die Pillen ab und bringst sie mir, und wenn du mit leeren Händen zurückkommst, sorge ich dafür, dass deine Mum einen Anruf bekommt. Einen, in dem ihr gesagt wird, dass ihre Kleine leider leblos im Wasser treibt. Alles klar?«

»Ja«, flüstere ich.

»Wie bitte?«

»Ja«, sage ich lauter und dann wieder leise: »Fick dich.«

Er reißt an meinen Haaren, bis ich jede Wurzel einzeln spüre. »Du bist genauso verblödet wie deine Brüder, nur damit du's weißt.«

Ich drehe den Kopf, um Jordan anzusehen, doch er starrt aus dem Fenster und trommelt mit den Daumen gegen den Sitz. Ich frage mich, was da draußen wohl los ist, dass er woanders hinguckt, während der Neandertaler mir den Kopf von der Wirbelsäule abtrennt.

»Ich brauche Geld«, sage ich, als er mich endlich loslässt.

»Was?«

»Ich brauche Geld. Er wird mir das Zeug nicht einfach so geben. Das kostet. Das ist eine geschäftliche Transaktion.«

»Ich hab nie irgendwelches Geld gesehen.« Er klingt unsicher.

»Ja, logisch, weil sie dir nicht trauen. Wie viel willst du denn von dem Zeug?« Ich hoffe, dass das für ihn alles einigermaßen sinnvoll klingt, denn ich habe keine Ahnung, wovon ich rede. Alles, was ich über Drogendeals weiß, stammt aus zufällig mitgehörten Gesprächsfetzen, aus Geschichten, die in der Schule kursierten, und aus dem Fernsehen.

»Hol einfach so viel, wie du sonst auch kriegst«, sagt er.

»Okay, dann brauche ich fünf Riesen, und zwar im Voraus«, lüge ich.

In meinem Kopf setzen sich ein paar kleine Teile zusammen. Klick, klick. So wie wenn man den Rand von einem Puzzle zusammenbaut. Das Bild selbst ist noch ein bisschen ungeordnet, aber der Rahmen steht. Ich kann diesen Hohlkopf austricksen. Vor ihm weglaufen kann ich nicht, aber ihn an der Nase rumzuführen, dürfte kein Problem sein.

Die Typen auf den Vordersitzen beraten sich untereinander.

Dann dreht Welles sich wieder zu mir um. »Nee. Geld gibt's erst nachher. Ich geb dir die Kohle und das hier, wenn du mir die Pillen bringst.« Er hält mein Paket hoch.

»In Ordnung«, sage ich. »Aber wenn ich nicht zahle, wird er mir auch nichts geben. Ganz einfach.«

Er denkt nach.

»Scheiße. Geh zu ihm und mach den Deal schon mal klar. Am Sonntag hab ich das Geld zusammen. Wir treffen uns um zwei am See, und wenn du wieder Spielchen mit mir spielst: Denk dran, was ich dir gesagt hab.«

»Ja«, sage ich und nicke.

»Du gehst mit ihr«, sagt er zu Jordan.

»Kommt nicht in Frage. Ich bin raus aus der Sache. Wir sind quitt.«

»Du gehst mit. Sorg dafür, dass sie keinen Mist baut«, befiehlt Welles.

Jordan sinkt in sich zusammen und verschränkt die Arme vor der Brust, schmollt geradezu.

»Wohin fahren wir?«, frage ich.

»Halt die Klappe.«

Wir sind seit zehn Minuten unterwegs; inzwischen haben wir die Vorstadt hinter uns gelassen und fahren auf einer Straße, die ich nicht kenne. Irgendwo durch die Pampa, wo keine Häuser mehr stehen, sondern nur verkrüppelte Eukalyptusbäume; hier und da sehe ich einen versteckten Zufahrtsweg. Welles drückt aufs Gas, und der Wagen schlingert hin und her. Jordan und ich legen uns gemeinsam in die Kurven und rücken auf den geraden Strecken schnell wieder voneinander ab. Leere Dosen rollen scheppernd über den Boden.

Ich fange an, falsch zu atmen. Zwar kriege ich noch Luft, aber ich kann nicht richtig ausatmen. Dasselbe passiert mir, wenn ich vor Publikum sprechen muss.

»Musst du dich übergeben?«, fragt Jordan.

Ich nicke. Vielleicht halten sie dann ja an. Aber sie halten ohnehin an. Welles bleibt auf einer Ausweichspur für langsame Fahrzeuge stehen.

Der Beifahrer klappt den Sitz nach vorn.

»Na dann, viel Spaß auf eurem Spaziergang, Kinder«, sagt Welles und grinst höhnisch.

»Es sind vierzig Grad da draußen. Soll das ein Witz sein?« Jordan bleibt sitzen.

Ich springe sofort aus dem Wagen. Lieber gehe

ich zu Fuß, als weiter dieselbe Luft zu atmen wie die. Man kann Hass und Furcht zugleich empfinden. Es gibt genug Raum für beides.

Ich marschiere los, ohne den leisesten Schimmer, wo ich hinwill.

»Warte«, ruft Jordan.

Der Wagen fährt wieder an und wirbelt Staub und Sand auf.

»Wahrscheinlich können wir trampen.«

»Das ist gefährlich«, sage ich und merke erst dann, wie blöd das klingt.

Wenn nur nicht alles so extrem wäre. Die Hitze, die Helligkeit, die ganze Situation. In einem anderen Leben würde ich mich glücklich schätzen, mit ihm die Straße entlangzuschlurfen. Wenn wir dicht an den Leitplanken gehen, ist es schattig.

»Du musst ja ganz schön tief in der Scheiße sitzen wegen diesem Paket«, sagt er.

»Woher willst du das wissen?«

»Weil du vor nichts zurückschreckst, um es wiederzubekommen. Du weißt doch, wie er ist.«

»Nein, eigentlich nicht. Ich weiß, dass er meine Brüder reingelegt hat, aber ich hab ihn erst ein paarmal gesehen, und den anderen Typen noch nie.«

»Oh. Na ja, er ist durchgeknallt. Sie sind beide durchgeknallt. Und Feeney will mit ihnen keine Geschäfte machen. Darum greift Welles zu immer verzweifelteren Mitteln.«

»Was die Frage aufwirft, warum *du* mit ihnen gemeinsame Sache machst. Eigentlich bist du doch gar nicht der Typ dafür. Ich dachte, du wolltest zur Uni gehen und Ingenieur werden oder so was.«

Ups. Ich rede zu viel.

Er sieht mich forschend an. »Ja, wollte ich. Und werde ich auch. Eines Tages. Hör zu, ich hatte keine andere Wahl, und es tut mir leid. Schließlich helfe ich dir jetzt, oder? Hältst du dich also ab jetzt von Kate fern? Ich hab gemacht, was du verlangt hast.« Er bleibt stehen und hält mich am Arm fest.

Ich zucke mit den Schultern, schiebe seine Hand weg und gehe weiter. »Ich mag sie.«

»Klar magst du sie. Was sollte man an ihr auch nicht mögen? Sie ist ein liebes Mädchen. Sie ist *anständig*.« Er schließt zu mir auf.

Ich drehe mich ihm zu. »Zu anständig für mich, meinst du wohl. Hast du Angst, ich könnte auf sie abfärben?«

Er wird rot, ob von der Hitze oder vor Verlegenheit, ist schwer zu sagen.

»Das hab ich nicht gemeint. Du bist einfach anders. Gerissen. Das ist Kate nicht. Meine Eltern setzen große Erwartungen in sie.«

Er hat den Nagel auf den Kopf getroffen. Von mir erwartet niemand etwas. Wenn ich die Schule beende, betrachten sie mich schon als eine Art Genie. Vielleicht finde ich sogar einen Job, Wahnsinn.

»Kate hat ihre eigenen Träume. Sie braucht deinen Schutz nicht. Jedenfalls nicht vor mir«, sage ich.

»Du scheinst ja eine Menge über sie zu wissen.«

»Wir reden miteinander. So verschieden sind wir nämlich gar nicht, weißt du.«

Er lacht. »Und warum gibst du dich dann mit Tahnee ab, wenn du doch so viel mit Kate gemeinsam hast?«

Er sagt das, als wäre Tahnee gar nichts, und

ich bin sofort auf der Palme. »Was weißt du denn schon über Tahnee?« Ich muss schwer an mich halten; am liebsten würde ich ihm die Augen auskratzen. »Sie ist auch *anständig*.«

»Ja, ich hab gehört, wie anständig sie ist. Ryan hat 'ne große Klappe.«

Ich lasse die gesamte Luft auf einmal raus, die ich die ganze Zeit über angehalten hatte. Es gibt keine Möglichkeit, es ihm begreiflich zu machen. Dass er gar nichts weiß über mich und meine Freunde. Und trotz allem haut er mich immer noch um.

»Ryan ist nicht gut genug für Tahnee«, sage ich.

Er sieht mich lange an. »Du musst es ja wissen.«

»Warum hat Welles uns nicht einfach bei Feeney rausgelassen?«, schimpfe ich.

»Er hat Angst vor ihm, und vor deiner Familie, darum.«

»Angst vor *ihm*? Vor Feeney muss man doch keine Angst haben.« Ich denke an ihn und seine sonderbaren kleinen Eigenheiten. Ich kenne ihn kaum, aber ist er furchterregend? Nein. Meine Brüder sind furchterregend, schon wegen ihrer schieren Größe und weil sie sich, ohne mit der Wimper zu zucken, über alle erdenklichen Regeln und Vorschriften hinwegsetzen. Der liebe Gott muss Gewissen und Muskelkraft vertauscht haben, als er den beiden ihre Eigenschaften mitgegeben hat. Ich vermisse sie.

»Er hat offenbar gute Verbindungen.«

Ein Laster rast ohne zu bremsen an uns vorbei. In dem Vakuum, das durch seinen Sog entsteht, höre ich irgendwo eine Sirene losgehen.

»Wir müssen ganz in der Nähe sein«, sagt Jordan. »Hast du dein Handy dabei? Kannst du jemanden anrufen, der uns abholt?«

»Ich hab's zu Hause gelassen. Ich hatte nämlich nicht vor, mich entführen zu lassen.«

»Bei meinem ist der Akku leer.«

»Na toll.«

Wir trotten weiter. Jordan läuft ein kleines Stück hinter mir, und ich konzentriere mich so sehr darauf, normal zu gehen, dass es mir am Ende gar nicht mehr gelingt. Ich stecke die Hände in die Hosentaschen, weil ich nicht weiß, wohin mit ihnen. Unter meinem BH sammelt sich Schweiß. Ich komme mir schrecklich unattraktiv und blöd vor und frage mich, wie mein verdammter Liebeswahn stärker sein kann als alles andere.

»Na, wer sagt's denn!«, ruft er plötzlich.

Ich laufe fast gegen ein Bushaltestellenschild.

»Der 223er. Mit dem können wir bis zum Busbahnhof fahren.« Er lehnt sich an den Pfosten.

Ich bin dankbar, als der Bus endlich kommt und mit quietschenden Reifen hält. Zehn Minuten qualvollen Schweigens liegen hinter uns, und in dieser Zeit bin ich zu dem Schluss gekommen, dass ich wahrscheinlich genau das bin, wofür er mich hält. Ungeschickt, unerzogen, unaufrichtig.

Die Erkenntnis, dass ich in diesem Leben niemals in seiner Liga spielen werde, trifft mich hart, aber ich kann damit leben. Ich bin nicht mal mehr sauer auf ihn, nur müde und resigniert. Mehr als alles andere will ich einfach nur das Paket zurückhaben. Ich möchte zurück auf Los gehen und diesmal alles richtig machen. Dann würde ich nicht anhalten, er würde mir das Paket nicht wegnehmen, und meine Selbstachtung und meine Geheimnisse würden keinen Kratzer bekommen.

Aber er vermasselt es.

Er setzt sich im Bus neben mich – *direkt* neben mich –, so dass wir gegenseitig unsere Hitze spüren und dieses Fünkchen Hoffnung wieder aufglimmt.

»Warum steigst du aus?«, fragt Jordan, als ich auf die Klingel drücke.

»Ich gehe zu Feeney«, sage ich. »Ich will es hinter mich bringen.«

»Jetzt?«

»Entspann dich. Er ist wie ein knuffiger kleiner Pekinese. Du brauchst auch nicht mitzukommen. Mir passiert schon nichts.«

»Um dich mache ich mir auch keine Sorgen«, sagt er.

Jordan geht mit mir bis zu Feeneys Haus und bleibt ein paar Meter davor stehen. Er sieht nervös aus, und wieder frage ich mich, warum alle so eine Scheißangst vor Feeney Tucker haben. Er ist doch bloß ein Typ mittleren Alters mit Freunden an den richtigen Stellen und einem Dornröschengarten vor der Tür.

Ich spaziere den Pfad zwischen Beeten mit zarten Prinzessinnenblumen und feindseligen Kakteen entlang und drücke dreimal auf die Klingel. Jedes Mal ertönt drinnen ein helles, melodisches Geklimper, das mich an Ballerinas und Schmuckkästchen erinnert. Ich fühle mich beobachtet.

Die Tür geht auf.

»Kleine Dodd«, sagt Feeney, als würde er meine Art und Gattung bestimmen.

»Ich brauche Ihre Hilfe«, bringe ich hastig und etwas undeutlich hervor.

»Gewiss. Komm herein.«

Ich habe Feeneys Türschwelle noch nie überschritten und weiß nicht, was ich erwarten soll. Er führt mich ins Wohnzimmer, das auf eine unheimliche Art feminin wirkt. Hier muss noch jemand wohnen. Jemand, der Miniatur-Teekännchen und rote Glasskulpturen sammelt, die wie Blutgerinnsel und halbfertige Embryonen aussehen.

»Nimm Platz«, sagt er.

Ich gehe zu einem Sofa mit Plastiküberzug. Er macht unanständige Geräusche, als ich mich setze. Vielleicht dient der ganze Firlefanz nur dazu, seine Opfer in die Irre zu führen. Vielleicht ist Feeney ein Serienkiller.

»Wie geht es Mama Dodd? Weiß sie, dass du hier bist? Sag ihr, dass ich sie nicht anrufen kann, aber an sie denke«, befiehlt er, ohne meine Antwort abzuwarten. »Rudy, bring uns einen Tee, bitte.«

Ich blicke mich um, aber da ist niemand. Mir ist flau im Magen, und ich finde plötzlich, dass das alles eine sehr, sehr schlechte Idee war.

»Wie ich höre, hat bald jemand Geburtstag. Siebzehn. Ein schönes Alter. Mit siebzehn hat man noch Träume.« Er bewegt die Finger, als würde er auf einem imaginären Instrument spielen, und das macht mir am meisten Angst.

»Ich brauche Drogen«, sage ich, weil ich entweder etwas sagen oder aus der Tür rennen muss.

»Drogen«, sagt er sanft. »Du enttäuschst mich, kleine Dodd.«

Man hört das anschwellende Pfeifen eines Teekessels, das Schwappen, als Wasser ausgegossen wird, und das Klimpern eines Teelöffels. Ich halte den Atem an.

Die Tür ist zu klein für den Mann, der jetzt hereinkommt. Er zieht den Kopf ein und drückt die Ellenbogen an den Körper, damit er überhaupt mit dem Tablett durchpasst. Darauf stehen eine Teekanne und zwei lächerlich kleine Tassen. Wieder so ein Alice-Moment.

»Hierher, Rudy. Danke.«

Der Riese stellt das Tablett auf den Tisch zwischen uns. Ich sehe eine Wölbung an der Stelle, wo eine Pistole säße, wenn sie in einem Halfter außen an seinem Oberschenkel steckte, und noch eine, wo seine Beine in Stiefeln mit Stahlkappen enden. Sein Blick ist eiskalt und leer. Auf einmal erscheint mir die verbreitete Furcht vor Feeney gar nicht mehr so abwegig.

Heißer Tee rinnt wie ein Wahrheitsserum durch meine Kehle, und ich platze heraus: »Ich hab das Paket verloren. Ich hab's verloren, und ich kann es Mum nicht sagen.«

»Hast du es verloren oder wurde es dir weggenommen?«

»Weggenommen«, gestehe ich.

Feeney schnalzt abschätzig mit der Zunge. »Und warum willst du dann Drogen haben?«

»Um sie gegen das Paket einzutauschen.«

Feeney und der Riese wechseln einen Blick. »Der Inhalt des Pakets ist ersetzbar. Dafür genügt ein Anruf«, sagt er und seufzt. »Ich kümmere mich darum. Werde du einfach mal siebzehn.«

Langsam habe ich den Eindruck, dass Feeney genau Bescheid weiß. Ich glaube, er hat gegen so gut wie alles ein Rezept, Welles eingeschlossen. Aber ich bin so nah dran. So nah dran, diese ganze Woche zurückzudrehen.

»Wir sind am See verabredet, am Sonntag. Um zwei.«

»Da fährst du nicht hin. Du bleibst zu Hause, du hältst dich da raus«, sagt Feeney. »Ich kümmere mich um alles. In Ordnung, kleine Dodd?«

Ich nicke.

Feeney besteht darauf, dass ich meinen Tee austrinke, und streicht mir sogar über den Kopf, als ich gehe.

»Der Apfel fällt nicht weit vom Stamm«, höre ich ihn sagen, als die Tür sich hinter mir schließt.

17

Jordan sitzt um die Ecke auf dem Bordstein.
»Was ist passiert? Was hast du ihm gesagt?«
»Ist erledigt«, sage ich nur, weil ich nicht drüber sprechen will.
»Hast du meinen Namen erwähnt?«
»Vielleicht. Aus Versehen. Aber nur einmal«, lüge ich.
»Mist«, sagt er und nimmt meine Hand. »Komm. Ich brauche was zu trinken. Unser Haus ist näher.«
Er hält den ganzen Weg über meine Hand, führt mich wie ein Kind. Alle paar Schritte verfalle ich in einen Trab, um ihn einzuholen, und vor lauter Bemühen, normal zu atmen, tut mir die Lunge weh. Seine Hand ist warm und hart und meine passt in sie hinein, als gehörte sie dorthin.
Ich folge ihm in das kühle, still daliegende Haus. Er lässt mich vor der Badezimmertür stehen, und ich höre ihn in der Küche hantieren. Ich wasche mir Hände und Gesicht in dem Teller-Waschbecken und betupfe meine Wangen mit dem nach Apfel duftenden Handtuch. Im Spiegel sehe ich, dass mein Gesicht gerötet ist und meine Augen leuchten. Es ist offensichtlich – ich bin immer noch verliebt. Kein noch so großer Verrat wird daran etwas ändern. Man kann das Gefühl nicht einfach abstellen.
Er ruft mich in sein Zimmer und reicht mir ein Bier. Ich habe die Hände in den Taschen und beiße mir von innen auf die Wange. Nur so kann ich

mich daran hindern, mich auf ihn zu stürzen. Er ist so nah.

»Also. Was jetzt?«, fragt er.

Ich trinke an dem Bier, und es rinnt kühl und bitter durch meine Kehle. »Keine Ahnung. Ich nehme an, dass er am Sonntag kommt. Da er das Zeug haben will, wird er schon auftauchen.«

Wer ist dieses Mädchen?, frage ich mich. Sie klingt ganz ruhig und selbstsicher. Jedenfalls nach außen hin. In mir drin fühlt es sich an, als hätte ich eine riesige Sandburg gebaut und wartete nun ab, wie lange sie wohl stehen bleibt, bis die Flut sie nach und nach wegspült und es am Ende so aussieht, als sei sie nie da gewesen.

»Es tut mir leid, wirklich«, sagt er. Er schließt sein Handy an ein Ladegerät an und wirft es mir zu. »Gib mir deine Handynummer. Ich komme am Sonntag mit, damit ich sicher sein kann, dass dir nichts passiert.«

Ich schmeiße es in hohem Bogen zu ihm zurück. »Ich brauche deine Hilfe nicht.«

Wir werfen das Handy zwischen uns hin und her wie eine heiße Kartoffel, bis wir beide grinsen müssen. Ich gebe nach und tippe meine Nummer ein.

»Hör zu, normalerweise habe ich mit solchen Sachen nichts zu tun«, sage ich. »Ich weiß nicht, woher sie wussten, dass ich das Paket hatte, und ich weiß auch nicht, warum du es mir weggenommen hast, aber das war das erste Mal überhaupt, dass ich Drogen transportiert habe.«

»Was?«

»Du glaubst mir nicht? Ach ja, richtig. Ich bin ja eine von den Losern.«

»Jetzt hör mal zu. Ich hab eine Dummheit gemacht und dafür bezahlt. Ich will einfach nicht, dass meine Schwester da reingezogen wird. Hör auf, ihr nachzustellen, und ich helfe dir.«

»Ihr nachzustellen?«

Ich lache laut auf, weil es so komisch ist; und muss dann hysterisch kichern. Für ihn bin ich genau wie dieses schäbige kleine braune Paket, das er mir gestohlen hat. Seine Schwester dagegen sieht er in Glanzpapier vor sich, mit einem rosa Schleifchen obendrauf.

»Warum willst du es überhaupt so dringend zurückhaben? Ich finde, du ständest besser da, wenn du die Sache auf sich beruhen lassen würdest.«

»Es war meins, und ich will es wiederhaben.«

Rache. Vergeltung. Nennt es, wie ihr wollt. Ich hab's satt, mich immer mit irgendwas abzufinden. Jetzt lasse ich die Regeln Regeln sein. Wenn man immer nur auf Nummer sicher geht, passiert nichts. Man tritt nur auf der Stelle.

»Aber wo wir gerade dabei sind: Wieso hast du dich überhaupt mit denen eingelassen?«, frage ich.

Er seufzt. »Mein Auto wurde geklaut, und ich hatte keine Versicherung. Dann hat mir irgendwer erzählt, sie wären es gewesen und dass sie vorhätten, es auseinanderzuschrauben. Also bin ich zu ihnen gegangen und hab versucht, mit ihnen zu verhandeln, damit ich es zurückbekomme.«

»Und was musstest du tun?«

»Dies und das. Illegalen Kram. Auf jeden Fall haben wir gesehen, wie du von Feeney weg bist, und Welles war sich ganz sicher, dass du als Drogenkurier unterwegs warst. Er wusste, dass du für ihn nicht anhalten würdest, aber auf anderen Wegen kommt er nicht an das Zeug dran. Also hat er mir gesagt, ich soll ein Lächeln aufsetzen und mit dir reden. Um zu sehen, ob du stehen bleibst. Und du bist stehen geblieben.« Er zuckt mit den Schultern.

Ich sag ihm nicht, dass ich angehalten habe, weil ich dachte, er hätte mich endlich wahrgenommen. Seit diesem Moment sind meine kostbaren Regeln gebrochen. Jetzt weiß ich, dass es kein Zurück gibt.

»Ich bin nicht das, wofür du mich hältst«, sage ich trotzig.

»Was bist du denn?«, fragt er spöttisch.

Er setzt sich aufs Bett, und seine Jeans legt sich eng um seine Oberschenkel. Seine schulterlangen Haare fallen ihm ins Gesicht, und ich möchte sie zurückstreichen, damit ich seine Augen sehen kann. Jetzt, in diesem Moment, spielt es keine Rolle, dass er der Feind ist.

»Irgendein Mädchen«, sage ich.

Er starrt mich an. »Sag das noch mal.«

»Du hast schon richtig gehört.« Ich erwidere seinen Blick und kann zusehen, wie der Groschen fällt.

»Das warst du?«

»Ja.« Ich trinke das Bier aus und stelle die Flasche auf den Tisch.

Dann setze ich mich neben ihn aufs Bett. Wir rutschen durch unser Gewicht zueinander, und zwischen uns ist ein Bereich, in dem sich unser Atem vermischt, warm und süß.

»Du zitterst«, sagt er.

»Ich hab Angst«, gestehe ich.

In seinen Augen blitzt Interesse auf, und noch etwas anderes.

Genau darum geht es doch. Dass man eine Chance nutzt, wenn sie sich bietet. Wenn ich schon dabei bin, alle meine Regeln über Bord zu werfen, kann ich mir auch gleich meinen Traum auf einem Tablett servieren lassen.

»Ich hab Angst«, sage ich ihm noch einmal.

Er nimmt meine Hände, dreht mich so, dass ich der Länge nach auf dem Bett liege, und lässt meine Arme über meinem Kopf. Seine Finger fahren über die Innenseite meines Arms zu meinem Ellenbogen. Ganz zart, kaum spürbar. Unsere Herzen schlagen gegeneinander, seins hart und gleichmäßig, meins wie das eines Kaninchens auf der Flucht. Seine Hände arbeiten sich nach unten vor, kriechen über meine Hüfte, dann wieder zur Taille hoch.

Er küsst mich, und seine Lippen sind weicher und wärmer, als ich es mir je hätte träumen lassen. Ich könnte alles vergessen und in diesem Gefühl ertrinken. Ich will loslassen, mich treiben lassen, noch die leiseste warnende Stimme in mir zum Schweigen bringen, die mich stoppen will, weil das der Strudel ist, der mich nach unten ziehen könnte. Der Treibsand, in den ich – mit Freuden – einsinken würde, damit er mich verschlingt. Mein Ende.

Ein kühler Luftzug auf meiner Haut, als er mir mein Top über den Kopf zieht. Ich spüre, wie ich überall Gänsehaut bekomme wie einen Ausschlag. Er streift sein T-Shirt ab, und ich kann ihn mir endlich ansehen, schlank und braun und straff. Er betrachtet mich, als wäre auch ich schön.

»Dir ist kalt«, sagt er und fährt mit dem Handrücken über meine Haut.

»Ja.«

Er zieht die Decke über uns, und unsere Wärme hüllt uns ein. Jetzt spüre ich sein ganzes Gewicht auf mir, und die weicheren Teile meines Körpers schmiegen sich in die Mulden und Kurven des seinen. So ist das also? Dass man sich fühlt, als könnte man ineinander versinken und zu einer Einheit verschmelzen?

Irgendwie landen unsere Kleider verknäult am Fuß des Bettes, und dann ist da plötzlich nichts als unsere Haut, nichts mehr, was uns trennt.

»Ist es okay?«, fragt er.

»Ja«, sage ich. Ja, ja, ja.

Ich denke an Tahnee und fühle mich ihr nah, trotz der Kluft zwischen uns. Jetzt verstehe ich es. Ich verstehe, warum das mehr bedeuten kann als alles sonst, und wenn es nur für einen Augenblick ist. Ich verstehe, warum meine Reaktion sie gekränkt hat. Mein Urteil muss ihr genauso weh getan haben wie mir die Fotos an ihrer Pinnwand. Ich weiß jetzt, dass ich es besser machen kann, wenn sie mir noch mal die Chance dazu gibt.

Ich erwidere seine Küsse. Es spielt keine Rolle, dass ich nicht weiß, was ich tue. Ich versuche, so viel von ihm zu kriegen, wie ich kann. Sein Atem geht schnell und stoßweise und gibt mir das Gefühl, über Dinge Bescheid zu wissen, die ich noch nie gemacht habe.

»Irgendein Mädchen. Ha!« Er schüttelt den Kopf. »Ich hab dich völlig falsch eingeschätzt, so viel ist sicher.«

Ich erstarre.

Es ist sein Ton. Genauso gut könnte er Geld auf den Tisch geknallt haben. Ich weiß nicht, ob ich beleidigt sein oder mich geschmeichelt fühlen soll. Er glaubt, ich wüsste, was ich tue. Er glaubt, ich wüsste, dass ich so eine Wirkung auf einen Jungen haben kann, der ganz offenkundig weiß, was er tut. Ich will, dass er aufhört. Ich will ihm sagen, dass das hier besonders ist und dass ich seit Jahren von ihm träume. Ich will keine standardmäßige Entjungferungszeremonie unter Teenies. Ich will mehr als das.

Aber er drängt jetzt, prescht in eine andere Richtung. Seine Küsse sind hart, fordernd, und mir tut der Nacken weh. Ihm fällt gar nicht auf, wie steif ich daliege. Er wirft sich förmlich auf mich, heftig, heiß und hart.

»Hör auf«, sage ich, aber er hört nicht auf.

Das ist dieser Punkt, der Augenblick, an dem das Mädchen es sich anders überlegt, aber der Junge und die Polizei und das Gericht hören, dass es vor einer Minute noch Ja gesagt hat. Ich wollte es. Ich wollte ihn.

»Bitte, ich will das nicht.«

»So läuft das nicht«, sagt er heiser, sein Ton ist aggressiv.

Ich lege meine Hände auf seine Brust und drücke dagegen.

»Nein! Hör auf, Jordan!«

Er bewegt sich weiter, seine Hände sind gierig und grob. Ich presse die Beine zusammen, aber er drückt sie auseinander. Ich schlage ihn auf den Hinterkopf, so fest ich kann, mit beiden Fäusten, trete um mich. Die Decke rutscht auf den Boden. Sein Ellenbogen stößt gegen meinen Wangenknochen, und ich spüre ein Brennen und Pochen. In meinem Mund sammelt sich Blut, das wie ein fauler Zahn schmeckt. Die Innenseite meiner Wange fühlt sich an wie Brei.

Unser stummes Ringen setzt sich fort, bis ich spüre, dass ich schwächer werde, wie bei einem Wettlauf. Er scheint nur noch aus Muskeln zu bestehen, die sich wie ein Sack aggressiver Schlangen winden, und er schiebt die Arme und Beine, die ich zwischen uns zu pressen versuche, immer wieder aus dem Weg. Ich sollte schreien, aber hier hört mich sowieso niemand. So wird es also passieren.

Dann ein Klicken, kaum hörbar, aber es könnte ebenso gut ein Schuss gewesen sein. Die Tür schwingt auf.

Jordan erstarrt.

Oh, schöne Kate.

»Verdammt noch mal, Kate. Kannst du nicht anklopfen? Verschwinde!«

Sie steht da; Schock, Verlegenheit und Enttäuschung stehen ihr ins Gesicht geschrieben wie eingemeißelt, wie ein Tattoo. »Entschuldigung«, sagt sie, schlüpft aus dem Zimmer und schließt die Tür.

Ihr Blick trifft mich härter als meine Beinahe-Vergewaltigung. War es das? Eine Beinahe-Vergewaltigung, getarnt als Initiationsritual? Ich schlage die Hände vor den Mund; ich weiß nicht, ob ich mich übergeben muss oder einen Dodd'schen Wutanfall bekomme, aber ich will keins von beidem. Dieser Moment verlangt von mir Schweigen und von ihm, dass er einlenkt.

Er steht auf und fährt sich mit den Fingern durchs Haar. Dann hebt er meine Kleider auf, bewirft mich damit und dreht sich um. »Das kannst du nicht machen. Du kannst einen Typen doch nicht erst heiß machen und dann erwarten, dass er aufhört.«

Er spricht so, als wäre das alles gar nicht er gewesen. Als hätte er seinen Körper vorübergehend verlassen. Ich betaste meine Wange und begreife, wie knapp das war; um ein Haar wäre ich in diesem Zimmer für immer verändert worden.

»Warum hast du denn plötzlich aufgehört?«

»Weil es nicht so war, wie ich es mir vorgestellt habe«, sage ich.

»Nein, warum hast du aufgehört, mir diese Karten zu schicken?«

Die *Karten*? Er will wissen, warum ich aufgehört habe, ihm die *Karten* zu schicken? Ich sitze auf seinem Bett, meine Träume und meine Selbstachtung sind ein Trümmerfeld, und er will wissen, warum seine heimliche Verehrerin aufgehört hat, ihm Karten zu schicken.

»Ich fasse es nicht«, sage ich.

»Ich will es wissen.«

Ich denke einen Augenblick nach. Ich kann genauso gut ehrlich sein. »Weil du mich nie eines Blickes gewürdigt hast. Du wusstest nicht mal, dass ich existiere, und hast mich wie Luft behandelt. Das war mir zu blöd.«

Er lächelt, und irgendwie tröstet es mich, festzustellen, dass er aussieht wie ein Wolf.

»Ich hab versucht rauszufinden, wer sie mir geschickt hat. Einmal hab ich dir sogar am Briefkasten aufgelauert, aber das war in dem Jahr, als du damit aufgehört hast. Dabei war ich mir so sicher, dass du zurückkommst, damit du mein Gesicht siehst, wenn ich sie öffne.«

Ich denke an meinen ursprünglichen, perfekten Traum. An den mit dem coolen Typen und dem Briefkasten. Und daran, dass dieser Traum inzwischen vollkommen überholt ist.

Er zieht sein T-Shirt an und macht den Reißverschluss seiner Hose zu. »Sehen wir uns wieder?«

In seiner Miene liegt ein Fitzelchen Zukunft, aber eine ganze Welt voller Kränkungen.

»Wozu? Haben wir nicht mittendrin angefangen? Wir hatten doch nicht mal einen Anfang.«

»Wir könnten es probieren.« Er hockt sich vor mich und berührt meine rote Wange.

Mum hat mir mal erzählt, wie befreiend es sein kann, wenn man den Spieß umdreht. Der erste Schritt ist der schwerste.

»Nein«, sage ich. »Wir passen nicht zusammen.«

Er versucht es trotzdem noch mal. »Wir könnten zusammen ausgehen und sehen, wie es läuft.«

Der nächste Schritt fällt mir leichter. »Nein, ich glaub nicht. Ich hab dich völlig falsch eingeschätzt, so viel ist sicher.«

Er sieht mich nicht an und sagt auch nichts mehr.

Kates Tür bleibt geschlossen. Ich hebe die Hand, um anzuklopfen, aber ich kann ihr nicht gegenübertreten. Nicht jetzt gleich. Zum zweiten Mal renne ich aus diesem Haus, aber diesmal lasse ich einen Teil von mir dort zurück.

Ich gehe wie betäubt nach Hause, werfe mich auf mein Bett und schlafe ein. Als ich wieder aufwache, liege ich eine Weile vollkommen reglos und mit geschlossenen Augen da. Mein ganzer Körper ist angespannt, alles tut mir weh. Ich habe das Gefühl, zu ersticken. Noch immer spüre ich seine Lippen auf meinen.

Ich weiß instinktiv, dass noch Nacht ist, aber die Innenseiten meiner Augenlider schimmern rot, als wäre ich in der Sonne eingeschlafen. Als ich sie aufschlage, ist auch der Geisterfleck in der Ecke meines Zimmers rot. Auf der Wand tanzen Schatten wie Flammen. Ich drehe mich um.

Nachdem sie so lange kaputt rumgestanden hat, funktioniert die Lavalampe plötzlich wieder. Vielleicht ist Kate schlauer, als sie denkt. Vielleicht ist es ja manchmal gut, etwas aufzurütteln, damit es sich wieder richtig zusammenfügen kann. Lächelnd strecke ich einen Finger nach der Lampe aus. Wärme dringt durch das Glas, und die flüssigen Tropfen schweben wie Quallen umeinander herum.

Stoßen sich an.

Bewegen sich.

Endlich.

18

Am Morgen ist die Lavalampe wieder kaputt. Das Wachs ist zu einem festen, kalten Klumpen erstarrt. Ich entdecke blasse blaue Flecken an den Innenseiten meiner Oberschenkel, und in meiner Wange pocht es.

Ich setze mich im Bett auf und öffne die Glaslamellen. Es weht kein Lüftchen, und die Vögel sind stumm. Der Himmel macht auf Weltuntergang; die Wolken hängen so tief, dass man sie fast berühren kann. Ich habe ein flaues Gefühl im Magen.

Mum streckt ihren Kopf durch die Tür. »Stehst du jetzt mal auf? Du liegst schon seit über vierzehn Stunden im Bett.«

»Ja, gleich«, stöhne ich.

»Was ist denn gestern mit meinem Brot und meiner Milch passiert?«

Oh, Mist! »Ich bin abgelenkt worden.«

»Typisch. Ich gehe jetzt. Kannst du im Schuppen für mich saubermachen? Hol die Schachtel und schieb sie unter mein Bett, okay?«

»Welche Schachtel?«, frage ich, bevor mir dämmert, was sie damit meint. Nur ein Tag noch. Ich brauche nur noch Zeit bis morgen. Wenn Feeney nicht auftaucht, muss ich mir was einfallen lassen. Was auch immer passiert, zumindest kann ich ihr dann das Paket geben, wenn sie danach fragt.

»Ach, die. Kann ich das morgen machen? Da drinnen ist es doch jetzt brütend heiß.«

»Okay, morgen«, sagt sie resigniert. »Ich warte

auf ein paar Formulare, die mir jemand vorbeibringen will. Kannst du hierbleiben und sie annehmen?«

»Was für Formulare?«

»Irgendwelcher juristischer Kram.«

»Seit wann kümmern dich denn juristische Vorschriften?«

Sie verdreht die Augen.

»Ja, kein Problem. Hab eh nichts Besseres zu tun«, grummele ich.

Dann ziehe ich mir das Kissen übers Gesicht. Meine Matratze fühlt sich an wie ein Folterinstrument. Ich nehme jede schmerzende Stelle intensiv wahr, und egal, wie ich mich hinlege, es ist immer unbequem.

Nachdem ich geduscht und gefrühstückt habe, setze ich mich auf die Treppe hinter dem Haus und ziehe mir die Nagelaufkleber von den Zehennägeln. Dann lackiere ich sie bonbonrosa, aber irgendwie sieht das unpassend aus – zu blass und unschuldig. Also gehe ich noch mal mit einem punkigen Lila drüber. Viel besser. Mein Handy piept.

Ich hoffe, es ist eine SMS von Tahnee, aber ich kenne die Nummer nicht.

Hab die ganze Nacht an dich gedacht. Jordan.

Meine erste SMS von Jordan Mullen. Für heutige Beziehungsverhältnisse ist so eine SMS kein schlechter Anfang. Ich gebe mir alle Mühe, irgendein anderes Gefühl in mir wachzurufen als Reue, aber da ist nichts. Allenfalls noch Scham. Wir sind gleich bei den komplizierten Dingen gelandet und hatten nie den romantischen Beginn, den ich mir vorgestellt hatte. Jetzt verdeckt die Scham alles andere.

Ich entrümpele den Posteingang meines Telefons. Heute Morgen sind noch gar keine Züge vorbeigekommen, jedenfalls nicht, dass ich es bemerkt hätte. Es ist unheimlich still und ich fühle mich sehr allein. Ich brauche Tahnee, und sei es nur, um mich von ihr noch ein bisschen anschreien zu lassen. Ich entwerfe im Kopf ein paar aufrichtige Sätze an sie, aber nach einer halben Stunde sitze ich immer noch vor einem leeren Display. Ach, was soll's. Was habe ich noch zu verlieren?

Als ich einmal angefangen habe, geht es plötzlich ganz leicht.

Es tut mir leid, und ich vermisse dich. War in letzter Zeit nicht ganz ehrlich zu dir. Muss dir ganz viel erzählen. Komm bitte her. PS: Du bist noch immer meine beste Freundin. Senden.

Als Nächstes schicke ich eine SMS an Kate.

Das mit gestern tut mir total leid. Ich weiß, was du jetzt denkst, aber es stimmt nicht, jedenfalls nicht alles. Gib mir eine Chance, dir alles zu erzählen. Bin den ganzen Tag zu Hause, falls du Lust hast vorbeizukommen. Mim. Senden.

Und an Lola:

Hallo, Geschöpf der Nacht. Ich hänge den ganzen Tag zu Hause rum. Komm rüber, wenn dich das Sonnenlicht nicht umbringt. Deine andere Hälfte. Senden.

Na bitte. Und noch eine letzte, an Jordan Mullen.

Sag Welles, ich hab das Zeug. Sag ihm, wir treffen uns morgen um 2 am See. Dann verschwinde ich aus deinem Leben.

Mein Herz setzt kurz aus, als ich auf Senden gehe, denn jetzt gibt es kein Zurück mehr.

Über eine Stunde lang bleibt mein Telefon stumm. Ich hasse es, dieses Teil aus Plastik und Metall, das ungerührt daliegt und einfach keinen Ton von sich geben will. Ich schüttele es und überprüfe, ob es noch funktioniert. Dann lade ich es auf, obwohl der Akku noch fast voll ist. Ich meine, ich bin ja gern allein, aber das kann doch wohl nicht wahr sein.

Ich höre mir Kates Musik an und fühle mich danach nur noch elender. Wie kann ein normaler Mensch es sich innerhalb einer Woche mit sämtlichen Leuten, die ihm wichtig sind, verscherzen? Selbst die Freundschaften, die noch ganz frisch und von keiner schwierigen Vergangenheit belastet waren, sind in die Brüche gegangen. Vielleicht für immer. Das ist selbst für mich rekordverdächtig.

Als mein Telefon eine Stunde später piept, bin ich so dankbar, dass es schon mitleiderregend ist. Ich starre den kleinen gelben Umschlag auf dem Display an, den Beweis dafür, dass ich nicht allein auf der Welt bin.

Wer sagt denn, dass ich dich aus meinem Leben haben will?

Komisch, sosehr ich auf Nachrichten gehofft habe, auf seine hätte ich verzichten können. Ich antworte nicht. Ich kann nur hoffen, dass er Welles wegen des Treffens Bescheid gibt.

Einige wenige Regentropfen fallen auf den heißen Beton und sind kurz darauf schon wieder verdunstet. Weit weg donnert es ein paarmal hintereinander, und die wenigen noch verbliebenen, bauschigen weißen Wolken stieben auseinander, als wären sie auf der Flucht vor irgendjemandem. Die Luft ist bleischwer und schwül.

Ich trete auf den Rasen hinaus. »Los, komm schon, *lass es endlich regnen!*«, brülle ich in den Himmel.

»Ich hasse Gewitter«, sagt Lola. Sie lehnt am Zaun. Beim Rüberklettern bleibt ihr Rock an einer Zacke hängen.

»Vorsicht, der ist asbestverseucht«, warne ich sie. »Wenn du das einatmest, bekommst du diese Krankheit, Asbestose, oder wie die heißt.«

»Ein Mesotheliom«, sagt sie. »Wie geht's deinem Rücken?«

Sofort spüre ich die Stelle wieder, an der ihr Messer meine Haut verletzt hat. »Ganz gut. Du hattest recht, war halb so wild.«

»Tut mir wirklich leid, dass ich dich getroffen habe. Das war einfach ein Reflex.«

»Du solltest lieber deine Feinde angreifen, nicht deine Freunde«, sage ich, aber ich vergebe ihr. »War er noch mal da?«

Sie schüttelt den Kopf. »Du hast ihm bestimmt einen Riesenschreck eingejagt. Außerdem hab ich vor meinem Fenster eine Rattenfalle aufgestellt. Wenn wir ihn verjagen konnten, wird er so gefährlich nicht sein.«

»*Wir* haben ihn verjagt? Wenn ich mich recht erinnere, bist du abgehauen und hast mich allein auf der Veranda stehen lassen.«

Lola reckt den Kopf und späht durch die Glaslamellen. »Ist das dein Zimmer?«

»Ja.«

»Krass. Leidest du an Kleptomanie oder so was?«

»Sag mal, hast du ein Lexikon gefrühstückt?«

Sie lacht. »Ist eigentlich noch was mit deinem Typen passiert?«

Ich führe die Finger an die Lippen, auf denen ich noch immer unseren Kuss spüre.

»Nichts. Alles.«

Sie nickt, als hätte ich etwas gesagt, das Sinn ergibt. Wegen ihrer unkomplizierten Art könnte man meinen, sie wäre schlicht und oberflächlich, aber dann überrascht sie einen plötzlich mit fünfsilbigen Fremdwörtern und einem Einfühlungsvermögen, das einen zu Tränen rührt.

Ich wende den Kopf ab, damit sie es nicht sieht.

»Wie ich schon sagte, an einem guten und an einem schlechten Tag ...«, sagt sie. Sie setzt sich im Schneidersitz ins Gras und sieht genauso aus wie ihr Buddha. Sofort steckt sie sich eine Zigarette an, bläst den Rauch durch den Mundwinkel aus und kneift dabei ein Auge zu. »Du hast Besuch.«

Ich bin nicht sicher, wen ich erwarten soll, und drehe mich um. Kate schließt das Seitentor behutsam hinter sich, macht einen Schritt vor und bleibt dann, die Daumen hinten in die Hosentaschen gehängt, vor uns stehen. Als sie Lola ansieht, huscht ein schüchternes Lächeln über ihr Gesicht. Lola antwortet mit dem Peace-Zeichen und klopft neben sich ins Gras.

Ich entscheide mich für: »Hallo.«

»Hallo, Mim«, sagt Kate, ohne mich anzuschauen.

»Es tut mir leid«, sage ich ohne weitere Umschweife.

»Braucht es aber nicht. Jordan hat nun mal diese Wirkung auf Mädchen.« Sie sagt das ganz lässig, als wären ständig Mädchen in seinem Bett, und wahrscheinlich ist es auch so. Das versetzt mir einen Stich.

»Wird jedenfalls nicht wieder vorkommen.«

»Sag niemals nie«, gibt sie leichthin zurück. Sie setzt sich neben Lola und fängt an, Grashalme auszurupfen.

»Hör zu, ich weiß, was du jetzt denkst. Und vielleicht war es anfangs auch so, aber ich ...«

»Du bist zu gut für ihn«, sagt sie knapp und sieht mich mit ihren blauen Augen an, die mich an Glasscherben erinnern, und an ihn. »Er ist mein Bruder, und ich liebe ihn, aber er ist wie ein kleines Kind. Wenn er ein neues Spielzeug hat, spielt er eine Weile damit, aber dann wird ihm langweilig, und er wirft es weg.« Sie lächelt mich entschuldigend an. »Du hättest es mir ruhig sagen können. Ich wäre trotzdem deine Freundin geworden.«

Lola nickt zustimmend; womit genau sie einverstanden ist, weiß ich allerdings nicht. Dann steht sie auf. »Zeit zum Feiern!«, ruft sie und klatscht in die Hände, worauf wir erschrocken zusammenzucken. Lola springt über den Zaun und kommt mit vollen Chips-Tüten, einer Packung Donuts und einem Sixpack Wodka-Cruisers zurück.

Wir setzen uns zusammen hin, schlagen uns die Bäuche voll und machen uns über den Wodka-Mix her. Kate leert ein paar Flaschen hintereinander, als täte sie nie was anderes, und inzwischen bin ich so dankbar für die Gesellschaft und so gut gelaunt, dass ich den beiden am liebsten um den Hals fallen würde.

Also tue ich es. Und genau in dem Moment kommt Tahnee herein.

Ihr verletzter Blick geht mir durch Mark und Bein.

»Die Haustür war abgeschlossen«, sagt sie vorwurfsvoll. Ihre Augen sind verquollen, und sie sieht aus, als hätte sie die ganze Nacht durchgemacht. Sie holt ihr Telefon raus und ruft ihre SMS auf. »Es tut mir leid, und ich vermisse dich. Komm bitte her«, liest sie vor. »Sieht wirklich sehr danach aus, als würde ich dir fehlen.« Ihr Mund zuckt, und sie schaut Kate an. »Hey, bist du nicht die, die so perverse Sachen mit ihrer Flöte macht?«

»Klarinette«, antwortet Kate und verdreht die Augen.

»Hör auf damit«, sage ich. »Ich bin froh, dass du gekommen bist, aber hör auf damit.«

Tahnee dreht sich zu mir, und ich sehe ihr an, dass sie noch lange nicht fertig ist.

»Ich glaube, es ist Zeit für eine Runde Wahrheitsspiel«, sagt Lola und klatscht wieder in die Hände.

»Was ist denn das?«

»So was Ähnliches wie Wahrheit oder Pflicht, nur ohne Pflicht.«

»Das lässt einem ja gar keine Wahl. Dann muss man ja die Wahrheit sagen«, mault Tahnee.

»Darum heißt es Wahrheitsspiel«, erklärt Lola geduldig. »Auf die Art kann jeder sagen, was er denkt, ohne dass man sich in die Haare kriegt. Man sagt etwas, und das bleibt dann einfach so stehen, ohne dass der andere widersprechen darf. Das ist wie Krieg im Frieden. Du fängst an«, sagt sie und nickt mir zu.

Ich sehe Lola an und überlege, was ich über sie sagen könnte, denn bei ihr muss ich am wenigsten befürchten, dass sie mir die Augen auskratzt. Aber dann ertappe ich mich dabei, wie mein Blick zu Tahnee wandert. Sie sieht dünn aus und elend. Ihre Haare sind stumpf und ihre Augen traurig. Ich habe keine Ahnung, was sich in ihrem Leben gerade abspielt, und das macht mir Angst.

»Ich mache mir Sorgen um dich«, sage ich.

»Viel zu weichgespült!«, ruft Lola dazwischen. »Versuch's noch mal.«

Ich denke nach. Ich gebe mir wirklich Mühe, aber mir fallen nur Fragen ein.

»Ich möchte, dass es zwischen uns wieder so wird wie früher.«

»Einspruch! Stattgegeben«, ruft Lola, um uns anzufeuern.

»Hey, ich dachte, du wolltest Krankenschwester werden«, beschwere ich mich.

»Lass es ruhig raus«, sagt Tahnee, als könnte sie es gar nicht erwarten, selbst an die Reihe zu kommen.

»Ach, scheiß drauf.« Ich stehe auf. »Ich hasse Ryan. Ich glaube, er tut dir nicht gut. Am liebsten würde ich ihm einen Blitzableiter in den Hintern schieben und ihn an der Wäscheleine aufhängen, bis das nächste Gewitter kommt.«

Tahnee beißt sich auf die Unterlippe. Kate schlägt die Hand vor den Mund.

»Na also, Schwester! Schon besser«, sagt Lola.

»Jetzt ich. Gestern Abend hab ich jemandem sechzig Dollar dafür gezahlt, dass er für mich eine Prüfung schreibt.« Sie verbeugt sich. »Tataa! So geht das, Freunde.«

Kate steht auf. »Ich hab fünfzig Dollar aus dem Geldbeutel meines Dads gestohlen, um mir Gras zu kaufen. Ich wollte sehen, wie es ist, bekifft zu komponieren.«

»Und? Wie war's?«, frage ich sie. Der Gedanke, dass Kate raucht, egal was, entsetzt mich. Lola protestiert nicht gegen meine Frage.

»Ich weiß es nicht. Ich hab's nicht geraucht. Ich glaube nicht, dass es Gras war. Es roch nach Lavendel.«

Lola und ich kugeln uns vor Lachen auf dem Rasen. Kate lacht irgendwann mit.

»Ich mag dich viel lieber als deinen Bruder«, sage ich ganz spontan zu Kate. »Oh, natürlich nicht so«, schiebe ich nach, als ich ihren Blick sehe.

Wir lachen erneut laut los. Tahnee versteht nicht, was daran so komisch ist; sie lacht nicht mit.

»Du bist dran«, sage ich, als ich mich wieder eingekriegt habe. Dann pruste ich laut, weil ich den nächsten Lachanfall unterdrücken muss, und sie wendet ihr Gesicht ab. »Sag schon. Ich höre zu.«

Sie sieht mich an. Eine einzelne Träne läuft an ihrer Nase vorbei nach unten und tropft auf ihren Schoß.

»Was ist?«, frage ich. Mir ist schlecht. »Mach schon. Prügel auf mich ein. Ich halte das aus.«

»Ich weiß, dass du das tust!«, schreit sie. »Ich weiß es. Wir alle wissen, dass du ganz schön was auszuhalten hast im Leben. Aber du bist wie diese

Plastikdinger, die sich immer wieder aufrichten. Man füllt unten Sand rein und schlägt dann mit der Faust dagegen. Und rate mal, was passiert? Das verfluchte Ding steht immer wieder auf. Ich möchte nur ein einziges Mal erleben, dass du *mich* brauchst!« Sie stößt den Zeigefinger in ihre Brust. »Ich hab's so satt, immer diejenige zu sein, die alles vermasselt!«

»Hey, warst du nicht diejenige, die mir erzählt hat, ihr Leben wäre perfekt?«, schieße ich zurück. »Du hast alle unsere Fotos abgenommen und stattdessen welche von dir und ihm aufgehängt. Und von dir und diesen anderen Mädels. Die, die sich vor Lachen gar nicht mehr eingekriegt haben, als ich über den Baumstamm gestolpert und hingefallen bin.«

»Ich war betrunken. Ich wusste nicht, was los war.«

»Aber das hast du ja wohl mitgekriegt. Danach hast du mir nämlich gesagt, du hättest keinen Bock mehr auf mich.«

»Ja, und wie man sieht, ist es dir sehr schwergefallen, ohne mich klarzukommen«, sie zeigt auf Kate und Lola. »Hast ja nicht lange gebraucht, um neue Freundinnen zu finden.«

»Du hast mich rausgeworfen.«

»Ja, und du hast natürlich mal wieder recht gehabt. Ich hab's Ryan ganz schön leicht gemacht, und er will nichts mehr von mir wissen. Bist du jetzt glücklich?« Sie ist völlig am Ende, ein kraftloses Häufchen Elend.

Kate und Lola rücken zu ihr hin, aber ich bin zuerst bei ihr.

»Nein, ich bin nicht glücklich.« Ich nehme sie in den Arm. »Und um ehrlich zu sein, ist mein Leben gar nicht so übel.«

Später liegen wir alle flach auf dem Rasen. Erschöpft und leer, als hätten wir einen Dämon heraufbeschworen, der unsere Seelen durchgefegt und unsere Geheimnisse ans Licht gebracht hat. Obwohl ich mich leer fühle, fällt mir auf, dass ich den dreien eigentlich gar nichts erzählt habe.

»Los, komm schon, *lass es endlich regnen!*«, brülle ich wieder in den Himmel.

Und wie aufs Stichwort reißt der Himmel auf. Schwere Tropfen fallen auf den Boden und zerplatzen.

Innerhalb von Minuten ist der Boden matschig, und das tote Gras bekommt eine grünliche Färbung. Lola fängt an, auf eine seltsame, hippiemäßige Art zu tanzen, und Kate hebt die Arme über den Kopf und dreht sich langsam um sich selbst. Ich lege den Kopf in den Nacken und versuche, die bitteren Tropfen mit der Zunge aufzufangen.

Tahnee weint stille kleine Rinnsale, die man nur sieht, wenn man genau hinschaut. Noch lange nachdem Kate und Lola gegangen sind, sitzen wir im Schlamm und halten uns an den Händen.

»Ich mag Lola«, sagt Tahnee. »Du hattest recht. Sie ist nett, für eine Nutte ...«

»Sie macht Telefonsex«, unterbreche ich sie. »Das zählt nicht.« Ich habe das Gefühl, Lola in Schutz nehmen zu müssen, weil auch ich vorschnell über sie geurteilt hatte – und im Unrecht war. »Sie hat ganz schön was drauf.«

»Ja, und Kate auch. Ich meine, das kann einem ja schon fast auf die Nerven gehen; sie ist so ...«

»Saunett, ja. Finde ich auch.« Ich drücke ihre Hand.

»Also. Was wolltest du mir erzählen?«

Wir gehen ins Haus, und ich erzähle ihr alles. Ich weine. Wir liegen eine Zeitlang auf meinem Bett, essen noch mehr Donuts und trinken Mums Bier. Dann setzen wir uns wieder raus und reden, bis wir heiser sind und uns alles schon gar nicht mehr so schlimm vorkommt. Wir sitzen im Schneidersitz voreinander. Eine kühle Brise erinnert uns daran, dass der Sommer bald vorbei ist, und alles ist fast wieder so, wie es immer war.

Ich biete ihr an, dafür zu sorgen, dass sich jemand Ryan vorknöpft.

Tahnee schlägt mir aufs Bein. »Du bist genau wie deine Mum. Für dich sind alle Dinge entweder schwarz oder weiß. Ich brauche dich nicht, damit du dich einmischst und die Sache für mich regelst, Mim. Ich brauche dich, damit du für mich da bist und mir zuhörst.«

Oh mein Gott, sie hat recht.

19

Der Regen hat aufgehört, und Tahnee ist nach Hause gegangen. Es ist immer noch heiß, aber die unerträgliche Gluthitze ist vorbei.

Mrs Tkautz ist drauf und dran, den Kampf gegen das Vogelfutter zu verlieren. Ihr ständiges Bewässern hat dem Unkraut wunderbare Startbedingungen beschert; es schlängelt und schlingt sich um ihre kostbaren Blumen und erdrosselt sie langsam; jeder neue Trieb leuchtet in einem geradezu unheimlichen Grün. Entfernt sie sie an einer Stelle, schießen woanders neue aus dem Boden. Ihre ledrige Gesichtshaut ist schon völlig dreckverschmiert.

Ich beobachte sie von der Terrasse aus, während ich an einem Smoothie nippe, den ich mir mit einem von Mums Haushaltsgeräten gemacht habe.

Ich tauge einfach nicht zur Rache; ich knicke zu schnell ein. Eigentlich ist doch gerade alles perfekt: Ich sitze im Schatten und chille, und die Hexe robbt auf den Knien rum und schwitzt und schwitzt, während sie bei vierzig Grad Unkraut jätet.

Verdammt.

Ich nehme mir einen Hut und kippe den Smoothie in den nächstbesten Strauch, der von solchen Getränkeresten ganz prächtig zu gedeihen scheint. Mrs Tkautz sagt nichts, als ich mich neben sie hocke und zu rupfen anfange. Sie reicht mir ihre Harke und setzt ihre Attacke dann mit bloßen, dreckverkrusteten Fingern fort.

Das Unkrautjäten gefällt mir, weil es so eine klare, überschaubare Aufgabe ist. Wenn ich heute damit anfange, kann ich sicher sein, auch heute noch fertig zu werden. Ich selbst bin für das hier verantwortlich und kann Buße tun, ohne dass jemals irgendwer erfährt, dass ich nicht aus reiner Gutherzigkeit gehandelt habe.

Sechs Schubkarrenladungen später tut mir der Rücken weh, und meine Buße ist beendet. Mrs Tkautz bringt mir ein Eiswasser. Ich rieche erst mal vorsichtig daran, bevor ich trinke, und begutachte unsere Fortschritte.

»Danke für deine Hilfe, Jemima. Wir machen Schluss für heute. Ich muss noch alles für den Garagenflohmarkt morgen aufbauen.«

Von nahem versteht man sie besser. Das Lid an ihrem Krähenauge öffnet und schließt sich ganz normal, aber das andere Auge ist immer halb geschlossen.

»Genießt du deine Ferien?«

»Ja, danke.« Ich nehme an, höflich zu sein ist wichtiger als Ehrlichkeit.

»Gut, dass es geregnet hat. Das hat uns die Arbeit erleichtert. Ich glaube, es wird noch mehr Regen geben.«

»Ja, Regen ist gut«, murmele ich.

»Hast du dich auch nicht in Schwierigkeiten gebracht? Deine Mum macht sich Sorgen um dich, musst du wissen.«

Das überrascht mich. Sie braucht sich keine Sorgen zu machen. Ich bin ein braves Mädchen. Ich schwänze nicht die Schule, nehme keine Drogen und schlafe mich nicht durch die Betten. Wenn ich sage, dass ich um zehn zu Hause bin, komme ich meist schon um neun. Die letzte Woche war die größte Ausnahme, die ich mir je erlaubt habe.

»Sie muss sich aber keine Sorgen um mich machen«, antworte ich.

Die Hexe schüttelt den Kopf. Könnte sein, dass sie lächelt, aber das ist wegen ihres schiefen Gesichts schwer zu sagen.

»Schon als du ungefähr vier warst, hab ich zu ihr gesagt: ›Die wird dir eines Tages mehr Kummer bereiten als die Jungs. Die zieht es weg von hier.‹ Du bist immer ausgebüxt und hast auf eigene Faust die Gegend erkundet, und am Ende musste die ganze Straße nach dir suchen. Meistens haben wir dich drüben bei den Gleisen gefunden. Da standst du dann, ganz weit weg, bei den Schienen, und hast wie gebannt in die Ferne gestarrt.«

»Wie Benny«, sage ich.

»Nein, nicht wie Benny. Er folgt den Gleisen bis nach Hause. Aber du wolltest davonlaufen, glaube ich. Die einen versuchen ihr halbes Leben lang, wegzukommen von zu Hause, und die anderen versuchen, einen Weg zurück zu finden.«

»Hier gibt es ja auch nichts für mich«, sage ich bitter.

»Was ist denn mit deinem Zuhause, deiner Familie?«

»Die verstehen mich nicht.«

Sie verdreht ihr eines Auge. »Die ewige Klage der Jugend. Deine Mutter versteht mehr, als du denkst. Darum hat sie ja auch solche Angst, dich zu verlieren. Sie wusste schon immer, dass du diejenige sein wirst, die als Erste das Nest verlässt und auf und davon fliegt. Bei den Jungs weiß man immer, woran man ist. Die sind zwar saublöd, aber wenigstens berechenbar.«

Ich verschlucke mich an einem Schluck Wasser und bekomme einen Hustenanfall. Hat sie gerade »saublöd« gesagt?

»Von wegen auf und davon fliegen. Ich kann ja nicht mal Auto fahren«, sage ich, als ich wieder Luft kriege. »Von hier gibt's kein Entkommen. Hier ist Endstation. Entweder man steigt aus oder man hängt in der Schleife fest.«

»Ist dir je in den Sinn gekommen, dass manche Leute hier genau an dem Ort sind, an dem sie sein wollen? Was, wenn wir gar nicht alle hier festhängen?«

»Ich hänge nicht nur fest, ich ersticke hier«, sage ich.

»Wenn du noch jung bist, passt für dich alles, was du siehst und hörst und verstehst, in kleine Kisten«, sagt sie und sieht mich freundlich an. »Aber wenn du größer wirst, öffnen sich all diese Kisten und werden zu Räumen. Je mehr Erfahrungen du sammelst, desto größer werden die Räume. Und wenn du Glück hast, gibt es darin Menschen, die du liebst und die dich lieben, bis du eines Tages siehst, wie auch ihre Kisten wieder zu großen Räumen werden. Irgendwann verstehst du plötzlich Dinge, die vorher keinerlei Bedeutung für dich hatten. Und du entdeckst dunkle Ecken, in die nur gelegentlich für kurze Zeit ein bisschen Licht fällt. Aber wenn du dauernd nur davonläufst, hast du am Ende nichts als einen Stapel Kisten.«

Ich sage nichts. Warum erzählt sie mir das? Wir

haben bislang kaum mehr als fünfhundert Worte miteinander gewechselt, und die meisten davon waren Beschimpfungen.

»Deine Mum war genauso, musst du wissen.«

»Wie bitte?«, frage ich. Was weiß sie schon über Mum?

»Sie hatte eine schlechte Beziehung nach der anderen, und jedes Mal hat sie ihren Kram gepackt und ist weitergezogen. Hat von vorn angefangen. Sie dachte, sie könnte vor ihren Fehlern davonlaufen. Dann habe ich sie bei mir aufgenommen, und sie hat die wirklich wichtigen Dinge zu schätzen gelernt, wie euch Kinder zum Beispiel, die guten Dinge, die nach schlechten Entscheidungen kommen.«

In meinem Nacken bilden sich Schweißtropfen. Ich glaube, ich weiß, was jetzt kommt. »Sie haben sie bei sich aufgenommen? Wann?«

Sie legt einen Finger an die Lippen und denkt nach. »Die Jungs waren noch klein, und du warst erst unterwegs. Du müsstest die Geschichte doch eigentlich kennen, Jemima.«

Ja, ich hab diese Geschichte schon mal gehört, nur ohne die Schlusspointe. Jetzt erinnere ich mich plötzlich wieder an die durcheinandergeratenen Briefe und daran, wie ich früher unsere Post durchgegangen bin, um was zu finden, das an sie adressiert war. Das habe ich dann möglichst unauffällig in ihren Briefkasten gesteckt und bin schnell weggerannt für den Fall, dass sie mich erwischt und die Gelegenheit nutzt, um mich mal wieder darauf hinzuweisen, wie verkommen ich bin.

J. Tkautz. Jemima fucking Tkautz. Oh nein!

Sie betrachtet mich amüsiert. »Ah, ich glaube, gerade ist Licht in eine dieser dunklen Ecken gefallen. Warte, lauf nicht weg, ich hab was für dich«, sagt sie und geht ins Haus.

Benny kommt zum Zaun geschlendert. Er trägt nur eine Unterhose und hat den Zeigefinger in den Hals seiner Bierflasche gesteckt.

»Du meine Güte, zieh dir was an, Benny!«

Er grinst und zeigt auf unser Haus. »Da ist sie wieder.«

Ein silberner Wagen mit einem Behörden-Nummernschild hält vor dem Haus. Die Frau in dem Hosenanzug, dieselbe wie neulich, steigt aus und marschiert schnurstracks zu unserer Haustür. Sie klopft an, wartet kurz, geht dann zurück zur Straße und steckt einen offiziell aussehenden Umschlag in den Briefkasten. Bevor sie wegfährt, wirft sie uns einen wütenden Blick zu.

»Mum hat gesagt, dass heute irgendwer irgendwelche Formulare vorbeibringt«, sage ich zu mir selbst.

Benny nickt. »Die hab ich schon mal gesehen.«

»Was glaubst du, wer das ist?«, frage ich.

»Die ist von der Fürsorge. Die nimmt den Leuten die Kinder weg.«

Mir wird übel. »Woher weißt du das?«

Benny tippt sich an die Nase. »Benny weiß Bescheid.«

Ich bin minderjährig, wohne im Haus einer Dealerin und habe zwei Brüder, die im Verdacht stehen, mit Drogen zu handeln. Das hat absolut nichts mit Mystik zu tun. Ich muss mit Mum reden.

»Sag Mrs Tkautz, dass ich wegmusste.«

»Ich bin hier. Was ist los?« Sie kämpft mit einer Kiste – einer Bücherkiste.

Ich nehme sie ihr ab und merke am Gewicht, dass noch alle drin sind.

»Kann ich sie wiederhaben?«

»Natürlich. Ich glaube, deine Mum hat mir die falsche Kiste gebracht.«

»Und wie kommen Sie darauf?«

»Weil das hier besondere Bücher sind; die Person, die sie gelesen hat, hat sie geliebt. Solche Bücher gibt man nicht einfach weg.« Sie nimmt eins heraus und schlägt es in der Mitte auf. »Siehst du? Hier hat jemand eine Stelle mit dem Fingernagel markiert. Jede einzelne Zeile ist unterstrichen.« Sie hält eine Seite ins Licht; sie ist dünn wie Reispapier und voller horizontaler Linien.

Ich würde sie am liebsten umarmen. »Danke«, sage ich.

»Gern geschehen. Und du weißt ja, du bist hier immer willkommen, mein Kind«, sagt sie und kneift mich mit ihren Hexenfingern ins Kinn.

Jetzt, wo ich direkt vor ihr stehe und sehe, wie schwer ihr das Sprechen fällt, begreife ich, dass sie genau das schon die ganze Zeit zu mir gesagt hat. Sie hat mich gar nicht beschimpft.

Mir schießen Tränen in die Augen und ich schaue zu Benny hin. Der stellt seine Flasche auf den Boden, zeigt mir grinsend seine Zahnlücken und dreht seine Handflächen nach außen und nach innen. Immer wieder.

20

Sonntagmorgen. Ich wache spät auf.

Mir ist schwindlig, weil lauter Zahlen durch meinen Kopf wirbeln. Zwei. Die Anzahl der Tage, bis ich siebzehn werde. Drei. Die Zahl, die mir am meisten Angst macht; wenn Mum mich ein drittes Mal bittet, ihr das Paket zu holen, gibt es keine Ausflüchte mehr. Vier. Die Anzahl der Nachrichten auf meinem Handy; als wäre ich plötzlich wieder auf dem Radar aufgetaucht. Fünf. Die Anzahl der Stunden, die vor mir liegen, bis ich Welles nicht am See treffen soll.

Ich sollte hierbleiben.

Das ungute Gefühl in meinem Magen hat sich auf jede Zelle meines Körpers ausgedehnt.

»Geht es dir gut?«, fragt Mum, als ich auf einen Platz am Küchentisch sinke.

»Ja.«

»Siehst aber nicht so aus.«

»Doch, alles gut.«

»Schau mal«, sie zeigt zum Fenster. »Sie sind wieder da.«

Die Ringeltauben haben ihr Nest mit trockenem Gras und orangefarbenen Schnüren neu gebaut. Sie sitzt aufgeplustert und zufrieden darin. Er landet neben ihr und füttert sie zärtlich mit einem zappelnden Wurm.

»Was haben die denn vor? Die hatten doch schon Junge. Warum will sie denn dauernd in ihrem Nest hocken wie eine Brutmaschine?«

Mum lächelt. »Das ist nun mal ihre Aufgabe. Und vielleicht ist sie gern zu Hause.«

»Ich nicht«, sage ich. Ich mache mir einen Toast und zwinge mich zu kauen und zu schlucken.

Mum verzieht den Mund.

»Mum?«

»Ja.«

»Wenn man eine Entscheidung treffen muss, es aber nicht kann, sollte man dann besser abwarten oder nicht?«

»Wie meinst du das?« Sie kneift die Augen zusammen und sieht mich misstrauisch an.

»Ich meine, ist es besser zu handeln, als die Hände in den Schoß zu legen, auch wenn man nicht genau weiß, ob man das Richtige tut?«

Sie setzt sich schwerfällig hin. Die Haut an ihren Armen ist ganz schlaff, als hätte sie abgenommen. Ich habe sie schon eine ganze Weile nicht mehr essen sehen. Jedenfalls hatte sie schon lange keine Fressattacke mehr. Und den Fernseher habe ich auch nicht gehört.

»Es würde helfen, wenn ich wüsste, wovon du redest, Mim.«

»Na ja. Wenn beispielsweise jemand ein Problem für dich lösen könnte, das eigentlich deins ist, sollte man ihn dann machen lassen? Oder sollte man lieber selbst einen Weg suchen?«

»Redest du von dir oder von jemand anderem? Wenn es nämlich auf den jeweiligen Charakter ankommt, kann ich schlecht für jemanden antworten, den ich nicht kenne.«

»Mich kennst du ja«, sage ich und sehe sie forschend an.

»Ja, dich kenne ich«, seufzt sie, als wäre das eine Bürde. »Du würdest auf jeden Fall selbst einen Weg suchen. Und dann würdest du deinen Weg gehen, und zwar ohne einen Blick zurückzuwerfen.« Sie verlässt die Küche, als wäre ihr diese Unterhaltung zu viel.

Ich sollte hierbleiben. Aber ich gehe.

Ich fahre mit dem Rad zum See – es ist schließlich nur ein Rad und kein Symbol für alles, was es in meinem Leben nur aus zweiter Hand oder gar nicht gibt. Der Sattel ist zu niedrig, der Lenker ist zu hoch, und das Vorderrad macht *klack, klack* – aber es kümmert mich nicht. Denn dieses Rad hat eine Qualität bewiesen, die es mir sympathisch macht. Es lässt sich nicht unterkriegen.

Ich stelle es hinter einem Baum ab, hocke mich in das Leitungsrohr aus Beton, über das der See sich früher mit Regenwasser gespeist hat, und warte. Die Leitung ist inzwischen auseinandergenommen und abtransportiert worden, nur ein Teilstück der alten Röhre ist noch da; wie eine gekappte Arterie läuft es durch einen künstlich aufgeschütteten Hügel. Es ist dunkel und kühl darin. Ich kann aufrecht stehen, aber nur gerade eben so, und meine Füße verschwinden in quatschendem Matsch, der zwischen den Zehen durchquillt.

Der See ist fast ausgetrocknet. Damals, als Ashley Cooke verschwand, war der Park noch grün, und es gab einen Abenteuerspielplatz und ein Piratenschiff. Jetzt ist das Schiff ein Wrack und der See eine Pfütze, und das Einzige, was noch annähernd grün ist, sind die Algen.

Mit Brot gemästete Enten kommen hoffnungsfreudig angewatschelt, aber ich scheuche sie weg. Es ist erst halb zwei, und der Parkplatz ist leer.

Auf der anderen Seite des Sees führt ein Mann seinen kleinen braunen Hund aus. Der Hund bleibt stehen, hockt sich hin, schnüffelt herum und scheißt, während der Mann so tut, als hätte er mit all dem nichts zu tun. Er guckt in die andere Richtung und geht weiter.

Ich sage mir, dass ich den Scheiß, den ich gebaut habe, wenigstens auch wieder ausbügele, und im Grunde hat das sogar was. Es ist ein tolles Gefühl, dass es endlich vorangeht, nachdem ich so lange auf der Stelle getreten bin.

»Buh!«, kommt eine Stimme vom dunklen Ende des Rohrs.

Ich schrecke hoch und stoße mir den Kopf. Während eine dunkle Gestalt auf mich zukommt, die ein Kreis aus gelbem Licht umgibt, mache ich mich auf alles gefasst.

»Ich hab dein Rad gesehen«, sagt Jordan. »Du solltest es woanders verstecken. Sie kommen nämlich aus der Richtung.« Er zeigt sie mir an.

»Mann, du hast mir einen Riesenschreck eingejagt!«, mache ich ihn an.

Er kommt so nah heran, dass ich sein Gesicht erkennen kann. »Warum versteckst du dich überhaupt? Wo ist das Zeug?«

Er registriert, dass ich außer den Shorts und dem Neckholder-Shirt, die ich am Leib trage, offensichtlich nichts bei mir habe. Ich kann schon meinen Bauchnabel nur mit Mühe vor ihm verbergen, geschweige denn ein Paket mit Drogen.

»Ich hab's nicht. Was machst du überhaupt hier?«

»Ich wollte sichergehen, dass dir nichts passiert«, sagt er. »Ich hab dir doch gesagt, ich komme.«

»Und ich hab dir gesagt, ich brauch deine Hilfe nicht. Mir geht's gut. So, und jetzt zieh Leine!« Ich scheuche ihn weg, genauso wie ich es mit den Enten gemacht habe. »Du hast deinen Teil getan. Ich brauche dich nicht.« Ich strecke den Kopf aus der Röhre und schaue nach rechts und links, aber der Park ist immer noch leer.

Ich spüre eine warme Hand auf meinem Rücken. Sie kriecht bis zum Hals hoch, schiebt dann meine Haare weg und fährt über meine nackte Schulter wieder runter bis zur Taille. Überall da, wo sie mich berührt, bekomme ich Gänsehaut. Ich drehe mich um. Er sieht mich erwartungsvoll an.

»Was machst du?«, zische ich.

Er versucht, mich zu küssen.

»Lass das!«, sage ich wütend und wische mir über den Mund. »Hör auf damit!«

»Warum denn?«, fragt er. »Ich kann dir helfen. Was immer du vorhast, ich helfe dir.«

Ich denke daran, dass Feeney gleich kommt, und Welles auch, und dass das hier so richtig in die Hose gehen kann, wenn ich Pech habe. Dann denke ich, wie egal Jordan mir inzwischen ist und wie frei ich mich deshalb fühle. Und wie schlimm es für Kate wäre, wenn ihrem Bruder wegen jemandem wie mir etwas zustoßen würde.

»In Ordnung, du kannst mir helfen. Du hast recht. Lass das Rad verschwinden«, sage ich, um Zeit zu gewinnen.

Ich sehe vom Ende der Röhre aus zu, wie er es wegschiebt. Das Vorderrad eiert weiter vor sich hin. Als er außer Sichtweite ist, schreibe ich eine SMS an Kate.

Ruf Jordan an. Bitte ihn, sofort nach Hause zu kommen. Es ist wichtig, tu's bitte einfach. Senden.

Nach ein paar Minuten kommt er zurück.

»Ich versteh das nicht«, sagt er. »Du schickst mir jahrelang Karten, dann hörst du plötzlich damit auf und fängst an, dich mit meiner Schwester zu treffen. Du sagst, ich hätte dich wie Luft behandelt, nicht gesehen. Du lässt mich ... du weißt schon. Und dann zwingst du mich, mittendrin aufzuhören.« Er grinst und zeigt auf seine Füße. »Aber jetzt stehe ich in dieser Röhre, in diesem Dreck, und auf mich wartet der sichere Tod oder zumindest eine gewaltige Portion Ärger, und zwar *deinetwegen*. Dieses Mal wirst du mich nicht los, Jemima Dodd.«

Mir ist zum Lachen zumute, aber er meint es todernst. Ich stehe auch in diesem Rohr und in diesem Dreck. Ich weiß genau, dass meine Haare strähnig und verknotet sind und dass ich von Kopf bis Fuß mit Schlamm bedeckt bin. Ich bin ein viel zu dünnes, fast siebzehnjähriges Mädchen mit einem ätzenden Namen, einer schlechten Kinderstube und einer ungewissen Zukunft. Ich fühle mich stark und schön.

Jordan kommt ein Stück weiter in die Röhre, kauert sich hin und starrt zu mir hoch. »Ich wollte immer diejenige kennenlernen, die mir die Karten geschickt hat. Die Vorstellung, dass da im Dunkeln ein Mädchen rumschleicht wie ein Geist, hat mich fasziniert. Verliebt in eine Unbekannte – das war was ganz Neues für mich.«

Ich denke zurück an dieses Mädchen, das in bunten Träumen geschwelgt hat, ohne je zu versuchen, sie wahr werden zu lassen. An das Mädchen, das die Dinge im Zweifel lieber auf sich bewenden ließ.

»Dieses Mädchen war nicht wirklich ich«, sage ich. »Ich werde eines Tages von hier weggehen. Und wahrscheinlich komme ich nie wieder zurück.«

Sein Telefon piept.

»Das ist Kate. Es ist irgendwas passiert. Ich soll nach Hause kommen«, sagt er stirnrunzelnd.

Ich schlucke. »Dann los«, sage ich zu ihm. »Ich bleibe hier.«

Ich betrachte seinen Rücken, als er geht, und verstehe selbst nicht ganz, wie ich es fertigbringe, ihm eine Abfuhr zu erteilen, wo er doch so lange ganz oben auf meiner Wunschliste stand. Mich befällt wieder dieses Gefühl, das ich nicht genau beschreiben kann, diese Mischung aus Nostalgie und Heimweh. Es ist ein bisschen wie Trauer, aber nicht ganz. Als wären meine Knochen innen hohl. Als würde ich fallen. Es kümmert mich nicht, dass der Matsch durch meine Shorts sickert oder dass eine krank aussehende Ente neben mir hockt.

Ich höre die beiden, bevor ich sie sehe; ihre Stimmen dringen durch den Tunnel zu mir.

»Wie spät ist es?«, fragt Welles.

»Zwei. Ich hab dir ja gesagt, die kommt nicht.«

»Halt die Klappe. Wir warten noch ein paar Minuten.«

Sie stehen über mir auf dem Hügel, direkt über der Röhre. Mein Herz rast, und in meiner Kehle ist eine Luftblase, die sich in einen Schrei verwandeln wird, wenn ich sie zerplatzen lasse.

Feeney hat gesagt, er kommt. Er hat gesagt, er kümmert sich um alles.

»Ich geh mal pissen«, sagt Welles.

»Fahr bei ihr zu Hause vorbei und mach ihr klar, dass das erst der Anfang ist.«

»Sei still und halt die Augen auf.«

Ich stelle mich hin und rutsche auf dem Matsch hin und her. Die Ente flattert schnatternd aus dem Rohr. Mit angehaltenem Atem schleiche ich durch die Röhre weg von dem See, auf die Bäume zu. Ganz langsam.

Hinter mir das dumpfe Platschen von Steinen, die in den Schlamm geschleudert werden. Enten flüchten ins Schilf. Die andere Öffnung wirkt so weit entfernt, und das ist die Richtung, in die Welles gegangen ist. Mein Rad. Mist, ich weiß nicht, wo Jordan es versteckt hat. Ich hänge hier fest. Ich bin geliefert.

Kein Feeney.

»Guck mal, was ich gefunden habe«, höre ich Welles sagen. »Sie muss hier irgendwo sein.«

Zum zweiten Mal höre ich die Räder meines Fahrrads quietschen, während es jemand wegschiebt, um ihm den finalen Stoß zu verpassen. Nur dass ich es diesmal erst sehen kann, als es zwischen Entenscheiße und alten Bierdosen kopfüber im Schlamm landet. Das verbogene Vorderrad dreht sich weiter und bleibt dann stehen.

Feeney hat nicht gesagt, dass er kommt. Er hat

nur gesagt, dass er sich um alles kümmert. Und dass ich nicht herkommen soll. Er wird nicht kommen.

»Guck mal in dem Bootshaus da nach. Da könnte sie sein«, sagt Welles.

»Glaubst du, das hier ist ein abgekartetes Spiel?«, fragt der andere.

»Ach was. Such sie. Wovor hast du eigentlich Angst? Ist doch bloß ein Mädchen.«

Es fängt an zu regnen.

Ich bleibe in der Mitte der Röhre stehen, damit ich in beide Richtungen eine Chance habe, falls einer von ihnen mich entdeckt. Meine Schlappen sind im Matsch versunken. Die Haare an meinen Armen richten sich auf, als wohltuender, Regen bringender Wind durch das Rohr weht. Ich schlucke Luft. Andauernd vergesse ich, richtig zu atmen.

Ein Pfiff.

Stille.

Es ist zu ruhig. Ich stelle mir vor, dass Welles über mir steht und nach unten zeigt, dem anderen ein Zeichen gibt. Wenn ich nicht sofort was unternehme, haben sie mich umzingelt.

Ich renne auf das Ende des Sees zu, weil ich nicht glaube, dass Welles durch den Schlamm waten wird, um mich zu kriegen. Meine Schlappen bleiben, wo sie sind. Meine Füße machen unanständige schmatzende Geräusche, aber das ist mir egal. Ich schlittere aus dem Rohr und renne los, während Welles vom anderen Ende auf mich zukommt.

Treibsand. Laufen in Zeitlupe. Auffliegende Enten.

Als ich mich umsehe, hat Welles sich den Kopf

angeschlagen und ist stehen geblieben. Den anderen kann ich nicht sehen.

»He, du!«

Ich arbeite mich aus dem morastigen See raus und renne den Hügel hoch. Es fühlt sich an, als würde ich eine Düne hochlaufen; meine Waden brennen und meine Lunge tut weh. Welles' Wagen steht am anderen Ende des Parks. Als ich dort ankomme, kann ich wegen der getönten Scheiben nicht ins Innere sehen. Also nehme ich einen Stein und schleudere ihn, so fest ich kann, gegen die Scheibe der Fahrertür. Das Glas zerspringt zwar, aber die Tönungsfolie hält es an Ort und Stelle.

»Mist!« Frustriert ziehe ich an dem Türgriff, und die Tür geht auf. Sie war nicht abgeschlossen! *Du Idiot!* Das Paket liegt im Fußraum, aber ich habe kostbare Zeit verloren. Welles kommt schwerfällig den Weg vom See hochgelaufen und hält sich den Kopf. Blut tropft zwischen seinen Fingern durch. Ich schnappe mir das Paket und renne weiter.

Barfuß suche ich mir einen Weg durch die Bäume. Weicher Rindenmulch und piksende Zweige.

Irgendwo hinter mir schlägt eine Tür zu. Ein Motor heult auf. Reifen quietschen.

Raus aus dem Wald.

Zwischen den fahrenden Autos hindurchhüpfend, überquere ich die Hauptstraße. Hupen, Flüche, Stinkefinger. Der Geruch von verbranntem Gummi. Das Paket bohrt sich in meine Rippen, aber ich halte es mit einem Arm an mich gedrückt, während ich mit dem anderen Schwung hole. Vorbei an vornehmen Häusern mit hohen Zäunen, schattenspendenden Bäumen und Schoßhündchen, durch eine Grünanlage, über eine Allee, Straßen, Wege und Pfade entlang. Die Bordsteine werden flacher, die Zäune niedriger, die Bäume spärlicher und verkrüppelter. Reihenweise Doppelhäuser mit kaputten Dächern. Mit Graffiti besprühte Wände und rostende, auf Backsteine aufgebockte Autos. Hinter geschlossenen Fensterläden, überall Augen.

Ins Gebiet der ausgeträumten Träume.

Am oberen Ende der King Street bleibe ich stehen, um Luft zu holen. Regen schlägt mir ins Gesicht. Von der heißen Straße steigt Dampf auf – eine in Dunst gehüllte, andere Welt. Nichts Königliches weit und breit, aber es ist, was es ist, und ich kenne hier jeden Zentimeter.

Ich trabe zum Haus der Tarrants. Gargoyle hebt den Kopf und bellt einmal. Seine Kette ist straff, aber sicher, und ich laufe weiter. Wozu die Straßenseite wechseln?

Die Fliegengittertür öffnet sich, und Mick Tarrant streckt den Kopf heraus. Als er mich sieht, weiß er, dass ich weiß, dass er das an Lolas Fenster war. Sein Gesicht ist voller roter Brandblasen, und er grinst gehässig. Dann bückt er sich und lässt Gargoyle von der Kette.

Ich bleibe stehen und zeige ihm den Mittelfinger, so feierlich, dass er es für einen Gruß halten könnte. Ich weiß, dass Gargoyle Jagd auf mich machen wird – sein Hass hat zu lange zu intensiv in ihm gewütet –, und ich verzeihe ihm. Ich zwinge meine Beine, immer weiter zu laufen, bis ich den Schmerz nicht mehr spüre.

Am oberen Ende der Straße läuft ein Motor im Leerlauf.

Das Scharren von Krallen auf dem Boden.

Ich erreiche unser Haus, aber wenn ich stehen bleibe, ist alles aus.

Mrs Tkautz hält unter dem Carport ihren Flohmarkt ab. Benny steht in der Unterhose im Regen, ein Bier in der Hand. Er lächelt, aber es vergeht ihm schnell. Mrs Tkautz sieht, wie ich vorbeihaste, verfolgt von einem Monster. Ihr Mund klappt auf, doch es kommt nichts raus.

Ich höre nur den Wind in meinen Ohren.

Die Einfahrt hoch, durchs hintere Tor, zu den Gleisen. Es gibt ein Dutzend Wege durch den Zaun. Löcher, die groß genug sind für ein Mädchen – und für ein Monster.

Quietschende Reifen. Schreie.

Ich sprinte weiter und schlittere über klebrigen roten Lehm, der sich in Klumpen um meine Füße schmiegt; es fühlt sich an, als hätte ich Schuhe an. Das Paket unter meinem Arm ist nass und schwer. Meine Beine werden immer schwächer.

Olivenbäume, schwarz von Früchten, endlos wie die Schienen. Das Stellwerk, mein alter Freund, leuchtet in dem grauen Licht wie ein Leuchtturm.

Ich werfe das Paket so hoch, wie ich kann, und es landet mit einem feuchten, klatschenden Geräusch auf der Brücke. Ein Seil mit einer Schlinge, wie der Henker sie knüpft. Ich stelle meinen Fuß hinein und klettere hoch, doch wegen des Lehms rutschen meine Füße immer wieder ab. Ich bin so müde.

Ich blicke mich um.

Gargoyle kommt näher, aber sein Hinterlauf knickt beim Rennen seitlich weg, und der Matsch macht auch ihm zu schaffen. Hinter ihm ein Neandertaler und sein Handlanger. Und dahinter Mick Tarrant, gefolgt von einigen anderen, die nur als Punkte in der Ferne zu erkennen sind.

Oben angekommen, sinke ich erschöpft und nach Luft ringend zu Boden. Das Paket liegt neben mir. Am liebsten würde ich einen Freudentanz aufführen, aber ich kann nicht mehr aufstehen. Meine Haut ist rot von dem Lehm.

Gargoyle kommt am Stellwerk an. Er beißt in das Seil und zieht daran, als wäre das alles bloß ein Spiel.

Welles und sein Handlanger bleiben in sicherer Entfernung von dem Monster stehen. Sie warten, bis Mick Tarrant kommt, und Welles bittet ihn höflich, seinen Hund festzuhalten.

»Mit Vergnügen«, sagt Mick und umfasst Gargoyles Halsband.

Ich versuche, das Seil nach oben zu ziehen, bin aber zu langsam. Welles greift danach und beginnt den Aufstieg, doch der Matsch von meinen Füßen hat es rutschig gemacht. Seine Armmuskeln arbeiten schwer, aber nach ein paar Metern gleitet er wieder nach unten.

»Hey, Freunde«, lallt Mick und weist mit dem Kinn auf die Tür.

Ich kann von der Brücke aus nichts anderes tun, als zuzuhören, wie sie versuchen, die Tür einzurammen. Sie nehmen abwechselnd Anlauf und rennen mit den Schultern dagegen. Ächzen und Fluchen. Splitterndes Holz.

»Gleich habt ihr's geschafft«, sagt Mick, der am unteren Ende des Seils wartet.

Gargoyle dreht sich um sich selbst, tanzt im Kreis herum und kläfft fröhlich vor Begeisterung.

Egal, ob ich das Seil nehme oder die Treppe, in beiden Fällen bin ich tot.

Als die Punkte in der Ferne näher kommen, erkenne ich, wer sie sind: Mum mit einem Golfschläger, Mrs Tkautz mit einer Brechstange, Benny mit einer ... Flasche.

»Mum!«, schreie ich, aber ohne die Jungs habe ich Angst um sie.

Sie schnauft und ist ganz rot vor Wut und Sauerstoffmangel. »Gehen Sie da weg, Tarrant, und halten Sie Ihr Pony fest«, sagt sie ruhig, während sie den Schläger mit weiß hervortretenden Fingerknöcheln umklammert.

Mrs Tkautz lässt ihre Brechstange in den Matsch fallen und schlägt die Hände vors Gesicht.

Welles rennt noch ein letztes Mal gegen die Tür, dann höre ich, wie sie innen gegen die Wand donnert.

Mick lässt Gargoyle los.

Ich stehe auf der Brücke und sehe, wie Mum den Golfschläger schwingt und aus meinem Blickfeld verschwindet. Sie geht mit schrillem Geheul zum Angriff über.

Schritte auf der Treppe.

Keine Zeit mehr.

Ich nehme das Paket. Benny hatte recht. Es ist ein langer Weg nach oben, aber runter nicht. Und Benny weiß Bescheid.

Also springe ich.

21

Ich lande auf allen vieren wie eine Katze, doch der Schlamm ist wie Wackelpudding, und ich knicke mit dem Fuß um. Rasende Schmerzen ziehen mein Bein hoch; damit ist jede Chance, ihnen zu entkommen, dahin. Ich höre Mum schreien und habe nur einen Gedanken: Ich kann nicht zu ihr laufen.

»Mum!«, rufe ich, aber da ist Schlamm in meinen Augen und in meinem Mund, aus dem nur ein Gurgeln kommt. Ich drehe mich um und krieche rückwärts wie ein Krebs, bleibe aber an irgendwas hängen. Ich reibe mir die Augen; ich kann nichts sehen. Vorsichtig betaste ich den Boden um mich herum, aber das Paket ist nicht da. Von meinen leeren Händen tropft der Schlamm. Es ist weg. Schon wieder. Meine Augen brennen, und je häufiger ich daran herumwische, desto tiefer reibe ich den Dreck hinein. Irgendwas zieht an meinen Haaren und legt sich um meinen Hals.

»Halt ganz still!«, ruft Mrs Tkautz.

»Tarrant, Sie sind ein toter Mann!«, schreit Mum.

Oh, verdammt! Ich kann nichts sehen. Und auch nichts hören, außer meinem eigenen Keuchen. Aber ich rieche etwas: einen heißen, stinkenden Lufthauch, von dem ich einen Würgereiz bekomme. Und noch etwas, einen vertrauten Geruch, der ein Déjà-vu in mir auslöst – und riesige Angst. Was zur Hölle *ist* das?

»Mum!«, schreie ich erneut.

»Halt ganz still, Kleines«, ruft sie. »Bitte beweg dich nicht. Ich komme.«

Sie klingt so merkwürdig, und so weit weg. Ich erstarre.

Tränen der Frustration schießen mir in die Augen und spülen den Dreck heraus. Ich halte mein Gesicht in den Regen, und allmählich kann ich die ganze verrückte Szene mit eigenen Augen sehen.

Mrs Tkautz presst die Hände zusammen, als würde sie beten.

Bennys Augen sind so klar wie noch nie. Er schwingt die Hände durch die Luft, und aus seiner Kehle dringt ein tiefes Brummen.

Rechts von mir, neben der Tür zum Stellwerk, entdecke ich Mum. Warum rührt sie sich nicht? Warum steht sie einfach nur da? Ich blinzele angestrengt.

»Mum«, krächze ich.

Ich bekomme nicht genug Luft. Keine Luft. Irgendwas drückt mir die Kehle zu. Ich hebe die Hände und ertaste die Schlinge, die sich immer enger um meinen Hals legt. Von irgendwo über mir zieht jemand an dem Seil, und ich fühle mich wie eine Marionette an einem Faden. Ich will mich hinknien, damit das Seil weniger straff gespannt ist, aber da ist ein Schuh auf meiner Schulter. Panik steigt in mir auf und drückt mir zusätzlich die Luft ab. Ich schiebe meine Finger unter das Seil und zerre daran.

»Halt still, Kleines«, ruft Mum. »Nicht mehr lange.«

Nicht mehr lange, bis was? Nicht mehr lange,

bis ich bewusstlos werde? Nicht mehr lange, bis mir die Augäpfel platzen?

Da ist wieder Gargoyles Atem, vermischt mit diesem vertrauten Geruch, den ich jetzt wiedererkenne. Bourbon. Tarrants Gesicht ist ganz dicht vor meinem. Die Brandblasen machen ihn noch hässlicher, und aus der Nähe erkenne ich, wie verrückt er wirklich ist. Seine Augen sagen mir, dass er mich umbringen wird für das, was ich getan habe.

Ich wimmere, und Gargoyles Blick fliegt zwischen mir und Tarrant hin und her. Er ist sprungbereit, wartet nur auf den Befehl, und ich glaube, wenn ich mich noch einmal rühre, gibt es für ihn kein Halten mehr. So viel dazu, dass gute Taten belohnt werden. So viel zu unserem Einvernehmen.

Ich spüre ein Kribbeln in Fingern und Zehen.

Mums starrer Blick.

Gargoyles verwirrte, hin und her irrende Augen.

»Was hast du vor?«, fragt Tarrant.

Mir wird schwarz vor Augen.

»Leg das wieder hin, Weib! Leg die Stange wieder hin!«

Schwindel.

Eine schnelle Bewegung, Geräusche.

Knurren.

Schwarz.

Schwarz.

Geschrei.

Süße, liebliche Luft.

Seitwärts in den Schlamm.

Warme Hände.

Blut schießt in den Kopf, meine Kehle brennt.

Ich weine.

Regen.

»Alles in Ordnung mit ihr?«

Gargoyles kluge Augen.

Schlammbespritzte Waden. Nackte Füße und lila Zehennägel.

Ströme von Rot. Und Donna Tarrant, ein Engel in einem blauen Kleid.

»Ja, es geht ihr gut«, sagt Mum.

»Ich glaube, ich hab ihn umgebracht.«

»Er hätte es, weiß Gott, verdient, Donna.«

Ein kleiner Mann und ein Riese, der mir den Blick auf den Himmel versperrt.

Regen.

Meine Mutter, die mich im Regen wiegt.

22

Irgendwann muss der Regen aufgehört haben. Ich schmecke ihn noch auf der Zunge. Die ganze Nacht habe ich versucht, die Puzzleteile im Kopf zusammenzusetzen. Nichts passt zueinander.

Ich liege auf dem Sofa, mein Knöchel ist bandagiert und ruht erhöht auf einem Kissen. Mum bringt mir in regelmäßigen Abständen kalte Getränke und Schmerzmittel. Aber zur Krankenschwester taugt sie nicht; sie schnauft und keucht wie eine Dampflok.

»Brauchst du sonst noch was?«, fragt Mum und fährt sanft mit dem Finger über die Schwellung an meinem Hals.

Ich schüttele den Kopf. »Nein, danke, alles gut.«

Sie rückt unsanft das Kissen zurecht, und mir jagt ein stechender Schmerz durch den Fuß.

»Mensch, Mum, pass doch auf!«

»Ach, jammer nicht rum. Es hätte wirklich schlimmer kommen können.«

»Ich weiß.«

»Aber du hast dich ganz schön dumm angestellt, das muss ich schon sagen.«

»Ich weiß.« Ihr Blick durchbohrt mich fast, doch ich halte ihm stand. Wenigstens kurz. »Was ist eigentlich passiert, Mum? Ich kriege es nicht zusammen. Ist Mick Tarrant tot? Und was ist mit Welles passiert?«

»Er ist natürlich nicht tot. Und es ist alles geregelt.« Sie nickt. »Für Welles wird es eine Warnung sein. Feeney lässt dir ausrichten, dass es ihm leidtut, dass er zu spät gekommen ist, aber wenn du gemacht hättest, was er dir gesagt hat, hätte es auch kein Problem gegeben. Ich hab ihm gesagt, geh das nächste Mal einfach davon aus, dass sie das Gegenteil von dem tut, was sie tun soll, dann brauchen wir keinen Plan B. Wahrscheinlich ist es für alle das Beste, wenn du nicht alles weißt. Tu das nächste Mal einfach, was man dir sagt.«

»Hat Donna Mick niedergeschlagen?« Mein Engel geht mir nicht aus dem Kopf. Ich sehe sie über Mick stehen, die Brechstange im Anschlag, bereit, sie so lange zu schwingen, wie es nötig ist.

»Ja, und Gargoyle hat ihn angefallen.«

»War es sehr schlimm?«

»Der arme Mick«, sagt sie, ihre Lippen zucken. »Er ist ausgerutscht und hingefallen.« Dann lacht sie los, ein dreckiges Lachen, das in unserem fast leeren Wohnzimmer widerhallt. »Und dann ist er noch gegen eine Tür gelaufen.«

Ich höre Mum sagen: *Er hätte es, weiß Gott, verdient, Donna.*

»Nicht schlecht«, sage ich leise.

Mum schüttelt den Kopf. »Die Frau wird seit zehn Jahren von ihm terrorisiert, und genau in dem Moment hat sie beschlossen, etwas dagegen zu tun. Du hast ja keine Vorstellung davon, wie viel Mut sie das gekostet hat, Mim.«

»Doch, ich glaub schon«, sage ich. Wenn ich aufstehen könnte, würde ich die Arme um ihren Bauch legen und mich an sie schmiegen. »Mum?«

»Ja?«

»Es tut mir leid.«

»Was tut dir leid?«

»Alles.«

Sie kommt zurück, bleibt aber in der Tür stehen.

»Nein, Mim. Das reicht nicht. Erklär es mir genauer. Was tut dir leid?«

»Es tut mir leid, dass ich so blöd zu dir war. Und dass ich das alles hinter deinem Rücken gemacht hab und dass ich unfreundlich zu den Nachbarn war. Und es tut mir leid, dass ich dein Paket verloren hab.«

Sie holt tief Luft, und ich denke: *Jetzt kommt's, endlich. Bitte, lass sie in die Luft gehen.* Ich will sie zurückhaben, ich will sie so herrlich ausrasten sehen wie früher, mit all ihrer Wucht und Leidenschaft.

»Das tut dir also leid? Diese Dinge verletzen mich nicht, die schaden dir nur selbst. Eher denke ich an die Regeln, Mim, deine verfluchten Regeln! Ich hab sie mit eigenen Augen gesehen. Ich wusste ja, dass du früher gern am Stellwerk rumgehangen hast, aber ich wäre nie auf die Idee gekommen, dass das die Operationszentrale für deinen großen Plan ist, deinen Fluchtplan. Ich hab sie gelesen. Wie war das? *Und vor allem: Ich will nicht so werden wie meine Mutter.*«

Ich spüre, wie mir alles Blut aus dem Kopf weicht, um in meinem Fuß zu pulsieren, und mir wird schwindlig

»Ja, ich weiß, dass sie dumm sind.«

»Oh, ich bin noch nicht fertig mit dir! Ein paar davon verstehe ich ja. Kein Alkohol. Keine Drogen. Keine Tattoos. Aber: *Ich vertraue nur mir selbst?* Glaubst du, so einfach ist das? Mach genau das Gegenteil von allen um dich rum, dann kommst du hier raus?« Sie geht vor mir auf und ab, und der Boden vibriert. »Du hattest dein Ticket nach draußen schon. Wir sind dein Ticket. Du kannst fliegen und frei sein, so viel du willst, aber wenn du keinen Ort hast, an den du zurückkommen kannst, dann bist du arm dran. Du hattest immer so einen Ort, du hattest immer Leute, die für dich da waren. Und das, meine Liebe, ist das Einzige, was wirklich zählt. Gute und böse Menschen, Säufer, Hexen, Schlampen und Drogendealer – *wir* alle gehören zu dir, auf uns kannst du bauen. Immer. Eines Tages wirst du das verstehen und diese kleine Welt zu schätzen lernen.«

Ja, ich hab's kapiert. Ich sehe noch genau vor mir, wie meine dicke Mama ihren Schläger schwingt, bereit, es für mich mit drei Kerlen und einem durchgedrehten Hund aufzunehmen. Sie hatte nie einen Partner, mit dem sie die Verantwortung hätte teilen können, wie es bei den Ringeltauben ist. Es gab immer nur sie.

»Ich verstehe es«, sage ich.

»Ach, wirklich? Wenigstens weiß ich jetzt, warum ich die letzten Jahre mit einem Schatten zusammengelebt habe.«

»Ich hab die Regeln längst in den Wind geschrieben. Die meisten jedenfalls. Sie haben mir nur geholfen, bis ich mir über einiges klar werden konnte.«

»Welche denn?«, fragt sie.

»Was?«

»Welche hast du in den Wind geschrieben?« Sie zieht mein T-Shirt hoch und untersucht meine

Haut. »Jedenfalls hast du nichts gemacht, was sichtbare Spuren hinterlässt, da bleibt dann ja nicht mehr viel.« Sie stemmt schnaubend ihre Hände in die Hüften, ein menschlicher Teekessel.

Jetzt kann ich ihr alles erzählen.

Ich werde ihr erzählen, dass ich es beinahe mit einem Jungen gemacht hätte, in den ich verliebt zu sein glaubte. So wie Jordan mich behandelt hat – als wäre ich ein Mensch zweiter Klasse –, so behandle ich andere auch. Ich werde ihr erzählen, dass ich einer Bestie mit einer verletzten Seele mein Vertrauen geschenkt habe und dieses Vertrauen belohnt wurde. Ich weiß jetzt, dass ich niemanden, der säuft, als Mensch einfach komplett abschreiben darf. Und auch niemanden, der wie eine einäugige Hexe aussieht. Auch brave Mädchen lassen sich Tattoos machen, und beste Freundinnen müssen keine perfekten Spiegelbilder voneinander sein. Ungebildet zu sein ist nicht dasselbe wie dumm zu sein. Es lässt sich nicht alles ordentlich in Schubladen einsortieren.

Fürs Erste sage ich nur: »Na, ich war zum Beispiel als Drogenkurier unterwegs.«

»Du warst *was*?«

»Weißt du doch. Das Paket. Damit hat doch eigentlich alles angefangen.«

»Das traust du mir also zu? Dass ich dich Drogen abholen lasse?« Sie schüttelt den Kopf

»Du hast gesagt, ich soll das Paket nicht aufmachen.«

»Ich würde dich nie im Leben bitten, irgendwo Drogen abzuholen.«

Das Paket. Dieses blöde Ding, das mir immer

durch die Finger gleitet, der erste Dominostein. Ich hab so hart darum gekämpft, und jetzt ist es nicht mal das, wofür ich es hielt. Heißt das, dass diese ganze Woche für die Katz war?

»Was war denn dann in dem Paket?«, frage ich um Fassung ringend.

Sie reckt das Kinn hoch. »Das spielt jetzt keine Rolle. Das erfährst du schon noch früh genug.«

»Mum?«

»Ja?«

»Diese Frau. Die von der Fürsorge. Will sie mich ins Heim stecken?«

Sie schnaubt verächtlich. »Wer hat dich denn auf die Idee gebracht?«

»Benny hat es gesagt.«

»Für dich war Benny schon immer eine Art Zauberer. Aber der Schein trügt, und zwar häufiger, als du denkst. Würde es was nützen, wenn ich dir erzählen würde, was mit Mr Benettis Gemüsebeet wirklich passiert ist? Willst du die Wahrheit wissen?«

»Wieso? Was war denn damit?«

»Benny hat gar nicht draufgepinkelt. Er hat es auch nicht mit einem Fluch belegt. Er hat einen vollen Fünfliterkanister Unkrautvernichtungsmittel draufgekippt, und das ist keine Zauberei, sondern stinknormale Gehässigkeit.«

Die Wahrheit. Sie kam in dieser Woche ganz schön oft ans Licht. »Ist sie denn nun von der Fürsorge? Benny hat gesagt, sie nimmt den Leuten die Kinder weg.«

»Ja, und sie gibt sie auch wieder zurück. Sie prüft, ob ich für eine Adoption in Frage komme.

Ich möchte Will adoptieren. Mattys Baby. Seine Mutter hat ihn weggegeben, weil sie allein nicht klarkommt. Und ich lasse nicht zu, dass ich noch ein Enkelkind verliere.« Mum macht sich erneut an dem Kissen zu schaffen.

»Verdammt, Mum, lass gut sein! Heißt das, dass Will bei uns leben wird?«

»Das hoffe ich, ja.«

»Und wo ist das Paket jetzt? Und was ist drin?«

»Es ist in Sicherheit. Wenn du so schlau bist, warum zum Teufel bist du dann eigentlich vom Stellwerk gesprungen?«

Ich lache. »Benny hat gesagt, der Weg nach unten ist nicht so weit.«

Sie prustet los. »Verfluchter Benny.«

Ich stehe humpelnd auf, schlinge meine Arme um ihren Bauch und lege mein Gesicht auf ihre großen warmen Brüste. Ihre Haut ist noch genauso weich und warm, wie ich sie in Erinnerung habe. Erschießt mich, wenn ich nicht haargenau so werde wie sie.

Sie fährt mit den Händen über meinen Kopf und mein Gesicht wie eine Blinde, die mich mit den Fingerspitzen abtastet. Dann sagt sie schroff: »Komm schon. Genug jetzt.«

Sie stapft in die Küche, und ich höre, wie sie eine Verpackung aufreißt. Wenig später rieche ich Pfannkuchen. Ich lausche ihren gleichmäßigen, schweren Schritten, während sie im Haus herumfuhrwerkt wie in alten Zeiten.

23

Siebzehn ist einfach nur eine andere Zahl.

Ich muss den Führerschein machen, aber eigentlich war es nie mein Traum, irgendwo mit dem Auto hinzufahren. Über Berge zu fliegen, über die Meere zu segeln, auf einem Pferd oder Kamel zu reiten oder auf einem Yak über einen gefährlichen Pass an einem steilen Hang irgendwo in Nepal, ja, davon träume ich. Aber nicht vom Autofahren. Das ist so ... banal.

Geburtstage sind wie Ostern und Weihnachten: Wenn ich morgens aufwache, recke und strecke ich mich, bis meine Füße gegen ein sich vielversprechend anfühlendes Geschenk am Fußende stoßen. Bislang lag immer was da, bevor und auch nachdem ich herausgefunden hatte, dass der Weihnachtsmann, der Osterhase und die Zahnfee in Wirklichkeit eine dicke Frau sind, die mich liebt.

Heute strecke ich die Beine aus, und mein Knöchel schmerzt. Mein gesunder Fuß stochert suchend umher, aber da ist nichts. Im Haus ist es still. Am Wasserkessel klebt ein Zettel, auf dem kurz und knapp steht: *Räum den Schuppen auf. Keine Ausreden.* Na, herzlichen Glückwunsch.

Ich dusche mich lauwarm ab und ziehe mich an. Dann würge ich ein paar Cornflakes runter und humpele mit einem Kaffee auf die Veranda hinaus. Siebzehn ist einfach nur eine andere Zahl, aber heute ist es *meine* Zahl. Wo zum Teufel sind alle? Es ist schon nach zehn, verdammt!

Bennys Cockpit ist leer. Ein Stück weiter die Straße hoch stehen ein paar Autos vor dem Haus der Tarrants. Ich bin neugierig, aber nicht genug, um nachsehen zu gehen, was da los ist. Ich fühle mich lustlos und leer. Widerwillig schlüpfe ich in irgendwelche Latschen und schnappe mir den Besen und einen Mülleimer.

Ein plötzlicher Knall lässt mich zusammenfahren. Ich spähe um die Ecke. Die Schuppentür steht offen. Dabei ist sie immer abgeschlossen. Immer.

Obwohl ich ein flaues Gefühl habe, gehe ich weiter. Der Wind schlägt die Tür erneut zu, und der laute Knall lässt mich zusammenzucken. Ich bleibe stehen. Vielleicht ist da ja gar nichts. Vielleicht hat Mum einfach nur vergessen, die Tür zuzuschließen. Mein Abenteuer ist ganz sicher vorbei.

Der Zwerg ist umgefallen und seine Nase abgebrochen. Ich greife hinein, aber der Schlüssel ist nicht da. Mein Instinkt rät mir dringend dazu, zurück ins Haus zu gehen, die Tür abzuschließen und so zu tun, als wenn nichts wär.

Ich nehme die Feile aus dem Regal, in das ich sie zuletzt gelegt habe, und trete ins Halbdunkel des Schuppens. Es riecht nach kalter, abgestandener Luft, Benzin, altem Öl ... und noch etwas anderem.

Die Tür schließt sich hinter mir, und es wird dunkel, so dunkel, dass ich wieder panisch werde und die Arme hochziehe, um mich zu verteidigen – nur wogegen? Als meine Augen sich an die Dunkelheit gewöhnen, sehe ich warmes Licht und flackernde Schatten an den Wänden, die wie tanzende Glühwürmchen aussehen. Ein krummer Pfad aus Teelichtern und rotem, weißem und blauem Konfetti schlängelt sich durch den Schuppen. Was zur Hölle ist hier los?

Ich folge dem Kerzenpfad bis zum Anfang der Grube. Auf jedem weiteren Schritt in die ölige Dunkelheit liegt ein Geschenk; insgesamt sind es sieben und sie sind in rotes und weißes Papier eingepackt. Ich blicke mich um, aber ich bin allein. Ich spüre es.

Meine Hände zittern.

Ich hebe das erste Päckchen auf und betaste es. Klein, flach und rechteckig. Das nächste ist länglich und zylindrisch. Die Geschenke werden mit jedem Schritt größer und führen zum Heiligen Gral: Im warmen Licht einer langen roten Kerze auf der anderen Seite der Grube liegt das Paket. Immer noch original verpackt, an einem Ende aufgerissen und voller Dreckspritzer. Als ich es aufhebe, merke ich, dass es noch feucht ist und sich an den Rändern wellt.

Ich überspringe die anderen Geschenke und setze mich auf den ölverschmierten Boden. Meine Finger zittern, mein Blick verschwimmt. Ich erwarte die ganze Zeit, dass jemand »Überraschung!« ruft, aber ich bin allein mit dem Paket. Langsam wickele ich es aus.

In der feuchten Schachtel liegen – völlig unbeschädigt – zwei amtlich aussehende Handbücher. Dann noch einige Broschüren mit Spiralbindung und jede Menge zusammengeheftete Formulare mit gestrichelten Linien an den Stellen, an denen man unterschreiben soll. Und ein Antrag für einen Reisepass. Einen *Reisepass*!

Um den Moment genüsslich in die Länge zu

ziehen, wende ich mich erst mal den anderen Geschenken zu, aber allmählich dämmert mir was, und mir wird ganz schwindlig vor Aufregung.

Das kleinste Päckchen enthält ein zusammengefaltetes Antragsformular für eine Kreditkarte, das nächste eine Weltkarte. Dann folgt ein neuer Lonely-Planet-Reiseführer. Zwei Sets mit gestreifter Thermounterwäsche. Ein Taschenlexikon Französisch-Englisch. Eine pelzgefütterte Jacke. Ein funkelnagelneuer Koffer.

Ich sitze in dem Haufen zerknülltem Papier wie ein Kind an Heiligabend.

Dann ziehe ich das Paket auf meinen Schoß und fange noch mal ganz vorne an. Obenauf liegt ein an mich adressierter Brief: *Herzlichen Glückwunsch, deine Bewerbung um einen Platz als Austauschschülerin war erfolgreich. Vor Beginn des Einführungskurses bist du aufgefordert, kurz in unserem Büro vorzusprechen, damit ... bla bla, wir hoffen, dass der Aufenthalt lehrreich und gewinnbringend für dich sein wird, und sind sicher, du wirst die vor dir liegenden zwölf Monate ... in PARIS, FRANKREICH! genießen ... bla bla. Die Morneaus, deine Gastfamilie, sind ...*

Ich kann nicht weiterlesen. Ich breche in lautes Indianergeheul aus, und draußen antwortet ein Chor aus ersticktem Gelächter.

Frankreich.

Ich fliege nach Paris.

Mum kommt weinend herein.

»Hast du das alles eingefädelt?«, frage ich. Ich schwebe vor Glück. Ich bin im siebten Himmel.

»Ja, hab ich. Mit Feeneys Hilfe. Und noch ein

paar anderen. Für die Bewerbung hab ich deine Unterschrift gefälscht, aber auf dem Reisepass musst du selbst unterschreiben.« Sie wischt sich die Tränen mit dem Ärmel ab. »Es gibt noch eine Menge zu tun. Der Einführungskurs fängt nächste Woche an.«

»Und was ist mit der Schule?«

»Damit ist Schluss. Jedenfalls hier.«

Zack, wieder eine Regel, die ich über Bord werfe.

24

Ich liebe den Geruch von Flughäfen. Ich liebe es, Leuten dabei zuzusehen, wie sie sich voneinander verabschieden. Ich liebe die überteuerten Kaffees und die Törtchen vom Vortag. Ich liebe die Souvenirläden und die Zahnbürsten-Automaten und die festgeschraubten Sitzreihen. Das ist der Ort, wo wunderbare Reisen beginnen und enden; ein Flughafen quillt geradezu über von Vorfreude, Liebe und Verzweiflung.

Es ist zwei Monate her, dass ich vom Stellwerkturm gesprungen bin, und noch immer passen nicht alle Puzzleteile zueinander. Die Jungs halten sich sehr zurück, seit sie draußen sind; Dill hat sogar einen Job als Kurier bekommen. Als Briefkurier. Matt hat gelernt, wie man Windeln wechselt (und schmiert sich dabei immer einen Klacks Wick Vaporub unter die Nase), und Mum ist wieder ganz die alte Tyrannin.

Wir sind drei Stunden zu früh am Flughafen angekommen, und Mum hat seit mehr als einer Stunde meine Hand nicht mehr losgelassen. Tahnee drückt stolz eine Zahnbürste und ein Nähetui an ihre Brust, die jemand in einem Automaten vergessen hat. Matt hält den kleinen Will im Arm wie einen Sack Kuhmist, aber sie lernen sich ja gerade erst kennen. Kate drückt sich, schüchtern wie eh und je, am Rand unserer lauten Truppe herum. Ich lächle sie an und winke sie näher zu mir.

Dillon stiert Tahnee die ganze Zeit an. Ich

schlage ihm auf den Bauch, und er krümmt sich lachend.

»Kommt nicht in Frage. Lass die Finger von ihr. Das ist einfach zu schräg«, sage ich zu ihm.

Tahnee wird rot und schlägt sittsam die Beine übereinander.

Mrs Tkautz hält Mums andere Hand.

»Gleich kommt der Aufruf zum Boarding«, sagt Mum. Sie kaut auf ihrer Unterlippe und fummelt an meinen Sachen rum.

»Ja, ich weiß«, sage ich und muss schlucken.

Tahnee und ich versuchen um der alten Zeiten willen, mit Zucker bestreute Berliner zu essen, ohne uns zwischendurch die Lippen abzulecken. Tahnee gewinnt – und weiht gleich darauf ihre Zahnbürste ein.

Vor einem Monat sind Benny und ich zum See gefahren, um ein letztes Mal mein Fahrrad zu bergen. Und es gleich anschließend zu beerdigen. Der See war halb vollgelaufen, und das Rad lag darin wie ein gelbes, im Schlamm steckengebliebenes U-Boot. Als wir endlich geschafft hatten, es rauszuziehen, hingen ein paar Schätze daran: ein Schwimmreifen, aus dem die Luft entwichen war, eine Baseballkappe und – vor allem – ein grüner Billabong-Flip-Flop, der sich am Lenker verhakt hatte.

Am nächsten Tag hat die Polizei den See ausgebaggert und Knochen gefunden. Schließlich stellte sich heraus, dass Ashley Cooke ganz einfach ertrunken ist, während die Leute in der King Street daran gewöhnt sind, immer das Schlimmste von ihren Mitmenschen zu denken. Sie wird nie mehr nach Hause zurückkehren, aber wenigstens haben die düsteren Legenden um ihr Verschwinden auf diese Weise ein Ende gefunden.

Damals fragte ich Benny auch, warum er eigentlich diesen tiefen Brummton ausgestoßen hätte, während ich am Stellwerk beinahe erhängt worden wäre. Aber er präsentierte mir nur grinsend seine Zahnlücken. Dann sah er mir fest in die Augen und erklärte mir, Gargoyle hätte Probleme gehabt, sich zwischen Liebe und Hass zu entscheiden. Beide Gefühle wären gleich stark gewesen, und darum hätte er nur wie gelähmt dagesessen, als er zwischen Tarrant und mir wählen musste. Also hätte er, Benny, dem Hund geholfen, sich zu entscheiden. Benny erzählte mir auch, dass Gargoyle sich so fest in Tarrants Knie verbissen hatte, dass er nie wieder normal gehen kann und jetzt für jeden Weg erheblich länger braucht. Es war das erste Mal, dass ich Benny so viel am Stück habe reden hören.

Die CD mit Kates Musik habe ich an meinen Freund, den DJ, geschickt, und jetzt wird sie von allen Musiknerds vergöttert, die Dope nicht von Lavendel unterscheiden können. Ihre Gigs am Freitagabend sind immer rappelvoll.

»Tut es weh?«, fragt Kate mich und hebt mein Shirt an, um einen Blick auf das winzige Kolibri-Tattoo in meinem Kreuz zu werfen. *Zack.*

»Nein, fuhlt sich nur ein bisschen komisch an.«

»So als müsstest du dich jetzt ganz neu darum herum erfinden«, sagt sie grinsend.

»Eigentlich hab ich mir vorgenommen, einfach mal eine Weile ich selbst zu sein.«

Lola und Gargoyle sind das große Liebespaar meines letzten Sommers in der King Street. Nachdem Donna Tarrant sich bei Nacht und Nebel mit ihren Kindern aus dem Staub gemacht hatte und Mick ein paar Tage später ebenfalls sang- und klanglos verschwand, blieb Gargoyle ganz allein zurück. Lola fand ihn auf ihrer Veranda, und er ist bei ihr geblieben. Sie kocht ihm Haferbrei zum Frühstück, und er schläft nachts neben ihrem Bett; ein Monat Lola-Liebe, und die Kuhle in seiner Seite ist schon kaum noch zu sehen. Er duldet inzwischen fast jeden um sich, aber wenn er ihre Stimme hört, fängt er an, langsam und verzückt mit dem Schwanz zu wedeln, und hört gar nicht mehr damit auf. Gargoyle hat sich für die Liebe entschieden.

Über die Lautsprecher kommt der erste Aufruf zum Boarding für meinen Flug.

»Okay. Ich geh dann wohl mal besser.« Ich werfe mir die Tasche über die Schulter und stehe auf.

»Du brauchst erst beim letzten Aufruf zu gehen«, sagt Mum mit bebender Stimme. »Ach, bin ich blöd. Du wartest ja schon dein Leben lang darauf, endlich gehen zu können.«

»Ich komme wieder, Mum. Versprochen.«

Wir können die Tränen nicht mehr zurückhalten. Sie kneift mich in die Wange und mustert mich. »Wenn du etwas liebst, lass es frei. Kommt es zurück, gehört es dir. Wenn nicht ...«

»Jage und erlege es«, beende ich den Satz. Ich weiß, ich weiß, der Apfel fällt nicht weit vom Stamm, aber ich hab kein Problem mehr damit. Mir könnte wirklich Schlimmeres passieren.

Matt schüttelt mir die Hand und boxt mich dann in die Schulter. »Pass auf dich auf, Kleine«, sagt er, und ich sehe, dass er prüfend Wills Ohren betrachtet, als er sich einen Moment lang unbeobachtet fühlt. Will nimmt Matts Finger und steckt ihn sich in den Mund.

Dillon schüttelt mir die Hand, zieht mich dann an sich und erdrückt mich fast. »Bleib sauber, Schwester.«

»Kein Problem«, antworte ich grinsend. »Nach allem, was passiert ist.«

Tahnee lässt mich gar nicht mehr los. Während wir uns in den Armen liegen, muss ich daran denken, was wir schon alles miteinander erlebt haben. Sie hat sich verändert; was zwischen ihr und Ryan passiert ist, hat Spuren hinterlassen. Ihre Augen sind älter geworden, aber wenn wir zusammen lachen, fühlt es sich so an, als wären wir noch immer neun Jahre alt.

»Gute Reise, Mim, pass auf dich auf. Und vergiss nie, dass du mir immer willkommen bist«, sagt Mrs Tkautz. Ich küsse sie auf ihre ledrige alte Wange, und sie verkrampft sich kurz. Aber dann entspannt sie sich wieder und gibt mir auch einen Kuss.

»Ist ja nicht für immer«, flüstere ich Mum noch mal ins Ohr.

»Geh«, sagt sie heulend und schiebt mich durch die Tür.

Ich habe einen Gangplatz, aber nach einem Blick auf meine neue Tasche und den fiebrigen Glanz in meinen Augen bietet der Geschäftsmann am Fenster mir an, die Plätze zu tauschen. Während die restlichen Fluggäste einsteigen, blättere ich durch mein Französisch-Lexikon.

Wie es aussieht, habe ich mein Talent entdeckt; so wie andere eine Vorliebe für Zahlen haben oder für Musik oder Physik, sauge ich fremde Sprachen in mich auf. Es fasziniert mich, dass es so viele Arten gibt, einem Menschen zu sagen, dass man ihn liebt.

Als die Triebwerke hochfahren und sich auf den Abflug vorbereiten, suche ich nach einem Lesezeichen. In den Tiefen meiner Hosentasche stoßen meine Finger auf einen zusammengefalteten Zettel, der ganz warm ist, wie meine Haut. Ich falte ihn auseinander. Es ist das Zitat, das ich aus Lolas Kalender gerissen habe. Es ist mitgewaschen worden und ausgebleicht, aber man kann es noch lesen. Die Worte haben sich fest in mein Gedächtnis eingebrannt.

Wer ist arm, wenn er geliebt wird? Oscar Wilde

Ich kann sie sehen. Sie drücken ihre Gesichter an die Scheibe und winken. Sie wünschen mir alles Gute und wissen, dass ich ein Jahr lang weg sein und verändert zurückkommen werde.

Meine Leute, meine kleine Welt.

dank

Dafür, dass sie es mit mir wagen, bin ich dem Team von Text Publishing zu großem Dank verpflichtet, vor allem Penny Hueston, deren Klugheit und unbestechlicher Blick viel zur Qualität dieses Buches beigetragen haben.

Mein Dank gilt auch meiner Agentin Sheila Drummond, dafür, dass sie eine Heimat für mein Buch gefunden hat, und Emily Gale, der perfekten ersten Leserin.

Auch den Lehrkräften und Tutoren des Studiengangs Professionelles Schreiben (TAFE) am Adelaide College of the Arts – Sue Fleming, Jude Aquilina und Jonathan Stone – möchte ich herzlich danken.

Mein aufrichtiger Dank geht außerdem an Dyan Blacklock, dessen Feedback und Ermutigung mir den nötigen Tritt in den Hintern gaben, damit ich dieses Buch zu Ende schreibe.

An meine wunderbaren Eltern, Brian und Julie: Danke, dass ich bei euch immer einen Ort hatte, an den ich zurückkehren konnte, und dafür, dass ihr mich habt sein lassen, was immer ich wollte.

An mein Stiefmonster Michelle. Danke für deine Unterstützung und den »Magic Pen«. Du sagst immer das Richtige, auch wenn du es selbst nicht glaubst.

An meine großartigen Freundinnen für alle Zeit: Liz, wenn ich mit dir zusammen bin, kann ich alles sagen oder auch nichts, und das bedeutet mir sehr viel; Fi, bei dir kann ich immer auf die beste Reaktion auf gute (und schlechte) Nachrichten vertrauen – bleib ja, wie du bist.

An meine Kinder, Mia und Roan: Ihr inspiriert mich jeden Tag. Ich dachte, Mutter zu werden würde meinem Traum ein Ende bereiten, dabei fing er damit erst an.

Und an Russ, der zuließ, dass ich uns gemeinsame Zeit gestohlen habe, um dieses Buch zu schreiben, meine Liebe und meinen Dank. Ohne dich hätte ich es nicht geschafft.

zitat-nachweise

S. 132, Ambrose Bierce: Aus dem Wörterbuch des Teufels. Auswahl, Übersetzung und Nachwort von Dieter E. Zimmer. Frankfurt am Main (Insel Verlag) 1980, Seite 116.

S. 132, Harry Kemp: Hier war uns der Nachweis der Übersetzung nicht möglich. Für jeglichen Hinweis sind wir dankbar.

S. 236, Oscar Wilde: Eine Frau ohne Bedeutung. In: Werke in zwei Bänden, Band 2, Theaterstücke, Briefe, Gedichte, übersetzt von Paul Baudisch und Edith Landmann. München (Carl Hanser Verlag) 1970, Seite 234.